Insel-Bibliothek

Johann Wolfgang

Goethe

Die Leiden des jungen Werther

Mit einem Essay von Georg Lukács
›Die Leiden des jungen Werther‹
Nachwort von Jörn Göres
›Zweihundert Jahre Werther‹

Mit zeitgenössischen
Illustrationen von
Daniel Nikolaus Chodowiecki
und anderen

Insel Verlag

Insel Verlag Frankfurt am Main 1982

Die Leiden
des jungen Werther

Was ich von der Geschichte des armen Werther nur habe auffinden können, habe ich mit Fleiß gesammelt, und lege es euch hier vor, und weiß, daß ihr mirs danken werdet. Ihr könnt seinem Geiste und seinem Charakter eure Bewunderung und Liebe, seinem Schicksale eure Tränen nicht versagen.
Und du, gute Seele, die du eben den Drang fühlst wie er, schöpfe Trost aus seinem Leiden, und laß das Büchlein deinen Freund sein, wenn du aus Geschick oder eigener Schuld keinen nähern finden kannst.

ERSTES BUCH

Am 4. Mai 1771.

Wie froh bin ich, daß ich weg bin! Bester Freund, was ist das Herz des Menschen! Dich zu verlassen, den ich so liebe, von dem ich unzertrennlich war, und froh zu sein! Ich weiß, du verzeihst mirs. Waren nicht meine übrigen Verbindungen recht ausgesucht vom Schicksal, um ein Herz wie das meine zu ängstigen? Die arme Leonore! Und doch war ich unschuldig. Konnt ich dafür, daß, während die eigensinnigen Reize ihrer Schwester mir eine angenehme Unterhaltung verschafften, daß eine Leidenschaft in dem armen Herzen sich bildete! Und doch – bin ich ganz unschuldig? Hab ich nicht ihre Empfindungen genährt? hab ich mich nicht an den ganz wahren Ausdrücken der Natur, die uns so oft zu lachen machten, so wenig lächerlich sie waren, selbst ergötzt, hab ich nicht – O was ist der Mensch, daß er über sich klagen darf! Ich will, lieber Freund, ich verspreche dirs, ich will mich bessern, will nicht mehr ein bißchen Übel, das uns das Schicksal vorlegt, wiederkäuen, wie ichs immer getan habe; ich will das Gegenwärtige genießen, und das Vergangene soll mir vergangen sein. Gewiß, du hast recht, Bester, der Schmerzen wären minder unter den Menschen, wenn sie nicht – Gott weiß, warum sie so gemacht sind – mit so viel Emsigkeit der Einbildungskraft sich beschäftigten, die Erinnerungen des vergangenen Übels zurückzurufen, eher als eine gleichgültige Gegenwart zu ertragen.

Du bist so gut, meiner Mutter zu sagen, daß ich ihr Geschäft bestens betreiben und ihr ehstens Nachricht

davon geben werde. Ich habe meine Tante gesprochen und bei weitem das böse Weib nicht gefunden, das man bei uns aus ihr macht. Sie ist eine muntere, heftige Frau von dem besten Herzen. Ich erklärte ihr meiner Mutter Beschwerden über den zurückgehaltenen Erbschaftsanteil; sie sagte mir ihre Gründe, Ursachen und die Bedingungen, unter welchen sie bereit wäre, alles herauszugeben, und mehr als wir verlangten – Kurz, ich mag jetzt nichts davon schreiben; sage meiner Mutter, es werde alles gut gehen. Und ich habe, mein Lieber, wieder bei diesem kleinen Geschäft gefunden, daß Mißverständnisse und Trägheit vielleicht mehr Irrungen in der Welt machen als List und Bosheit. Wenigstens sind die beiden letzteren gewiß seltener. Übrigens befinde ich mich hier gar wohl, die Einsamkeit ist meinem Herzen köstlicher Balsam in dieser paradiesischen Gegend, und diese Jahreszeit der Jugend wärmt mit aller Fülle mein oft schauderndes Herz. Jeder Baum, jede Hecke ist ein Strauß von Blüten, und man möchte zum Maikäfer werden, um in dem Meer von Wohlgerüchen herumschweben und alle seine Nahrung darin finden zu können.
Die Stadt selbst ist unangenehm, dagegen ringsumher eine unaussprechliche Schönheit der Natur. Das bewog den verstorbenen Grafen von M.., seinen Garten auf einem der Hügel anzulegen, die mit der schönsten Mannigfaltigkeit sich kreuzen und die lieblichsten Täler bilden. Der Garten ist einfach, und man fühlt gleich bei dem Eintritte, daß nicht ein wissenschaftlicher Gärtner, sondern ein fühlendes Herz den Plan gezeichnet, das seiner selbst hier genießen wollte. Schon manche Träne hab ich dem Abgeschiedenen in dem verfallenen Kabinettchen geweint, das sein Lieblingsplätzchen war und auch meines ist. Bald

WERTHER

werde ich Herr vom Garten sein; der Gärtner ist mir zugetan, nur seit den paar Tagen, und er wird sich nicht übel dabei befinden.

Am 10. Mai.

Eine wunderbare Heiterkeit hat meine ganze Seele eingenommen, gleich den süßen Frühlingsmorgen, die ich mit ganzem Herzen genieße. Ich bin allein und freue mich meines Lebens in dieser Gegend, die für solche Seelen geschaffen ist wie die meine. Ich bin so glücklich, mein Bester, so ganz in dem Gefühle von ruhigem Dasein versunken, daß meine Kunst darunter leidet. Ich könnte jetzt nicht zeichnen, nicht einen Strich, und bin nie ein größerer Maler gewesen als in diesen Augenblicken. Wenn das liebe Tal um mich dampft und die hohe Sonne an der Oberfläche der undurchdringlichen Finsternis meines Waldes ruht und nur einzelne Strahlen sich in das innere Heiligtum stehlen, ich dann im hohen Grase am fallenden Bache liege und näher an der Erde tausend mannigfaltige Gräschen mir merkwürdig werden; wenn ich das Wimmeln der kleinen Welt zwischen Halmen, die unzähligen, unergründlichen Gestalten der Würmchen, der Mückchen näher an meinem Herzen fühle, und fühle die Gegenwart des Allmächtigen, der uns nach seinem Bilde schuf, das Wehen des All-liebenden, der uns in ewiger Wonne schwebend trägt und erhält; mein Freund! wenns dann um meine Augen dämmert und die Welt um mich her und der Himmel ganz in meiner Seele ruhn wie die Gestalt einer Geliebten – dann sehne ich mich oft und denke: ach könntest du das wieder ausdrücken, könntest du dem Papiere das einhauchen, was so voll, so warm in dir lebt; daß es würde der Spiegel deiner Seele, wie deine Seele ist der

Spiegel des unendlichen Gottes! – Mein Freund – Aber ich gehe darüber zugrunde, ich erliege unter der Gewalt der Herrlichkeit dieser Erscheinungen.

Am 12. Mai.

Ich weiß nicht, ob täuschende Geister um diese Gegend schweben, oder ob die warme himmlische Phantasie in meinem Herzen ist, die mir alles ringsumher so paradiesisch macht. Da ist gleich vor dem Orte ein Brunnen, ein Brunnen, an den ich gebannt bin wie Melusine mit ihren Schwestern. – Du gehst einen kleinen Hügel hinunter und findest dich vor einem Gewölbe, da wohl zwanzig Stufen hinabgehen, wo unten das klarste Wasser aus Marmorfelsen quillt. Die kleine Mauer, die oben umher die Einfassung macht, die hohen Bäume, die den Platz ringsumher bedecken, die Kühle des Ortes: das hat alles so was Anzügliches, was Schauerliches. Es vergeht kein Tag, daß ich nicht eine Stunde da sitze. Da kommen dann die Mädchen aus der Stadt und holen Wasser, das harmloseste Geschäft und das nötigste, das ehemals die Töchter der Könige selbst verrichteten. Wenn ich da sitze, so lebt die patriarchalische Idee so lebhaft um mich, wie sie alle, die Altväter, am Brunnen Bekanntschaft machen und freien, und wie um die Brunnen und Quellen wohltätige Geister schweben. O der muß nie nach einer schweren Sommertagswanderung sich an des Brunnens Kühle gelabt haben, der das nicht mitempfinden kann.

Am 13. Mai.

Du fragst, ob du mir meine Bücher schicken sollst? – Lieber, ich bitte dich um Gottes willen, laß mir sie vom Halse! Ich will nicht mehr geleitet, ermuntert, angefeuert sein, braust dieses Herz doch genug aus sich selbst; ich brauche Wiegengesang, und den habe ich in seiner Fülle gefunden in meinem Homer. Wie oft lull ich mein empörtes Blut zur Ruhe, denn so ungleich, so unstet hast du nichts gesehen als dieses Herz. Lieber! brauch ich dir das zu sagen, der du so oft die Last getragen hast, mich vom Kummer zur Ausschweifung, und von süßer Melancholie zur verderblichen Leidenschaft übergehen zu sehen? Auch halte ich mein Herzchen wie ein krankes Kind; jeder Wille wird ihm gestattet. Sage das nicht weiter; es gibt Leute, die mir es verübeln würden.

Am 15. Mai.

Die geringen Leute des Ortes kennen mich schon und lieben mich, besonders die Kinder. Wie ich im Anfange mich zu ihnen gesellte, sie freundschaftlich fragte über dies und das, glaubten einige, ich wollte ihrer spotten, und fertigten mich wohl gar grob ab. Ich ließ mich das nicht verdrießen; nur fühlte ich, was ich schon oft bemerkt habe, auf das lebhafteste: Leute von einigem Stande werden sich immer in kalter Entfernung vom gemeinen Volke halten, als glaubten sie durch Annäherung zu verlieren; und dann gibts Flüchtlinge und üble Spaßvögel, die sich herabzulassen scheinen, um ihren Übermut dem armen Volke desto empfindlicher zu machen.

Ich weiß wohl, daß wir nicht gleich sind, noch sein können; aber ich halte dafür, daß der, der nötig zu haben glaubt, vom sogenannten Pöbel sich zu entfernen, um den Respekt zu erhalten, ebenso tadelhaft ist als ein Feiger, der sich vor seinem Feinde verbirgt, weil er zu unterliegen fürchtet.

Letzthin kam ich zum Brunnen, und fand ein junges

Dienstmädchen, das ihr Gefäß auf die unterste Treppe gesetzt hatte und sich umsah, ob keine Kamerädin kommen wollte, ihr es auf den Kopf zu helfen. Ich stieg hinunter und sah sie an. – Soll ich Ihr helfen, Jungfer? sagte ich. – Sie ward rot über und über. – O nein, Herr! sagte sie. – Ohne Umstände! – Sie legte ihren Kringen zurecht, und ich half ihr. Sie dankte und stieg hinauf.

Den 17. Mai.

Ich habe allerlei Bekanntschaft gemacht, Gesellschaft habe ich noch keine gefunden. Ich weiß nicht, was ich Anzügliches für die Menschen haben muß; es mögen mich ihrer so viele und hängen sich an mich, und da tut mirs weh, wenn unser Weg nur eine kleine Strecke miteinander geht. Wenn du fragst, wie die Leute hier sind, muß ich dir sagen: wie überall! Es ist ein einförmiges Ding um das Menschengeschlecht. Die meisten verarbeiten den größten Teil der Zeit, um zu leben, und das bißchen, das ihnen von Freiheit übrig bleibt, ängstigt sie so, daß sie alle Mittel aufsuchen, um es loszuwerden. O Bestimmung des Menschen!
Aber eine recht gute Art Volks! Wenn ich mich manchmal vergesse, manchmal mit ihnen die Freuden genieße, die den Menschen noch gewährt sind, an einem artig besetzten Tisch mit aller Offen- und Treuherzigkeit sich herumzuspaßen, eine Spazierfahrt, einen Tanz zur rechten Zeit anzuordnen, und dergleichen, das tut eine ganz gute Wirkung auf mich; nur muß mir nicht einfallen, daß noch so viele andere Kräfte in mir ruhen, die alle ungenutzt vermodern und die ich sorgfältig verbergen muß. Ach, das engt das ganze Herz so ein – Und doch! mißverstanden zu werden, ist das Schicksal von unser einem.

Ach, daß die Freundin meiner Jugend dahin ist! ach, daß ich sie je gekannt habe! – Ich würde sagen: du bist ein Tor! du suchst, was hienieden nicht zu finden ist. Aber ich habe sie gehabt, ich habe das Herz gefühlt, die große Seele, in deren Gegenwart ich mir schien mehr zu sein, als ich war, weil ich alles war, was ich sein konnte. Guter Gott! blieb da eine einzige Kraft meiner Seele ungenutzt? Konnt ich nicht vor ihr das ganze wunderbare Gefühl entwickeln, mit dem mein Herz die Natur umfaßt? War unser Umgang nicht ein ewiges Weben von der feinsten Empfindung, dem schärfsten Witze, dessen Modifikationen, bis zur Unart, alle mit dem Stempel des Genies bezeichnet waren? Und nun! – Ach, ihre Jahre, die sie voraus hatte, führten sie früher ans Grab als mich. Nie werde ich sie vergessen, nie ihren festen Sinn und ihre göttliche Duldung.

Vor wenig Tagen traf ich einen jungen V.. an, einen offnen Jungen, mit einer gar glücklichen Gesichtsbildung. Er kommt erst von Akademieen, dünkt sich eben nicht weise, aber glaubt doch, er wisse mehr als andere. Auch war er fleißig, wie ich an allerlei spüre; kurz, er hat hübsche Kenntnisse. Da er hörte, daß ich viel zeichnete und Griechisch könnte (zwei Meteore hierzulande), wandte er sich an mich und kramte viel Wissen aus, von Battcux bis zu Wood, von de Piles zu Winckelmann, und versicherte mich, er habe Sulzers Theorie, den ersten Teil, ganz durchgelesen, und besitze ein Manuskript von Heynen über das Studium der Antike. Ich ließ das gut sein.

Noch gar einen braven Mann habe ich kennen lernen, den fürstlichen Amtmann, einen offenen, treuherzigen Menschen. Man sagt, es soll eine Seelenfreude sein, ihn unter seinen Kindern zu sehen, deren er neun hat;

besonders macht man viel Wesens von seiner ältesten Tochter. Er hat mich zu sich gebeten, und ich will ihn ehster Tage besuchen. Er wohnt auf einem fürstlichen Jagdhofe, anderthalb Stunden von hier, wohin er nach dem Tode seiner Frau zu ziehen die Erlaubnis erhielt, da ihm der Aufenthalt hier in der Stadt und im Amthause zu weh tat.
Sonst sind mir einige verzerrte Originale in den Weg gelaufen, an denen alles unausstehlich ist, am unerträglichsten ihre Freundschaftsbezeigungen.
Leb wohl! der Brief wird dir recht sein, er ist ganz historisch.

Am 22. Mai.

Daß das Leben des Menschen nur ein Traum sei, ist manchem schon so vorgekommen, und auch mit mir zieht dieses Gefühl immer herum. Wenn ich die Einschränkung ansehe, in welcher die tätigen und forschenden Kräfte des Menschen eingesperrt sind; wenn ich sehe, wie alle Wirksamkeit dahinaus läuft, sich die Befriedigung von Bedürfnissen zu verschaffen, die wieder keinen Zweck haben, als unsere arme Existenz zu verlängern, und dann, daß alle Beruhigung über gewisse Punkte des Nachforschens nur eine träumende Resignation ist, da man sich die Wände, zwischen denen man gefangen sitzt, mit bunten Gestalten und lichten Aussichten bemalt – das alles, Wilhelm, macht mich stumm. Ich kehre in mich selbst zurück, und finde eine Welt! Wieder mehr in Ahnung und dunkler Begier als in Darstellung und lebendiger Kraft. Und da schwimmt alles vor meinen Sinnen, und ich lächle dann so träumend weiter in die Welt.
Daß die Kinder nicht wissen, warum sie wollen, darin sind alle hochgelahrte Schul- und Hofmeister einig; daß aber auch Erwachsene gleich Kindern auf diesem

Erdboden herumtaumeln, und wie jene nicht wissen, woher sie kommen und wohin sie gehen, ebensowenig wahren Zwecken handeln, ebenso durch Biskuit und Kuchen und Birkenreiser regiert werden: das will niemand gern glauben, und mich dünkt, man kann es mit Händen greifen.

Ich gestehe dir gern, denn ich weiß, was du mir hierauf sagen möchtest, daß diejenigen die Glücklichsten sind, die gleich den Kindern in den Tag hineinleben, ihre Puppen herumschleppen, aus- und anziehen und mit großem Respekt um die Schublade umherschleichen, wo Mama das Zuckerbrot hineingeschlossen hat, und wenn sie das gewünschte endlich erhaschen, es mit vollen Backen verzehren und rufen: Mehr! – Das sind glückliche Geschöpfe. Auch denen ists wohl, die ihren Lumpenbeschäftigungen oder wohl gar ihren Leidenschaften prächtige Titel geben, und sie dem Menschengeschlechte als Riesenoperationen zu dessen Heil und Wohlfahrt anschreiben. – Wohl dem, der so sein kann! Wer aber in seiner Demut erkennt, wo das alles hinausläuft, wer da sieht, wie artig jeder Bürger, dem es wohl ist, sein Gärtchen zum Paradiese zuzustutzen weiß, und wie unverdrossen auch der Unglückliche unter der Bürde seinen Weg fortkeucht und alle gleich interessiert sind, das Licht dieser Sonne noch eine Minute länger zu sehen – ja, der ist still und bildet auch seine Welt aus sich selbst, und ist auch glücklich, weil er ein Mensch ist. Und dann, so eingeschränkt er ist, hält er doch immer im Herzen das süße Gefühl der Freiheit, und daß er diesen Kerker verlassen kann, wann er will.

Am 26. Mai.

Du kennst von altersher meine Art, mich anzubauen, mir irgend an einem vertraulichen Ort ein Hüttchen

aufzuschlagen und da mit aller Einschränkung zu herbergen.
Auch hier hab ich wieder ein Plätzchen angetroffen, das mich angezogen hat.
Ungefähr eine Stunde von der Stadt liegt ein Ort, den sie Wahlheim* nennen. Die Lage an einem Hügel ist sehr interessant, und wenn man oben auf dem Fußpfade zum Dorf herausgeht, übersieht man auf Einmal das ganze Tal. Eine gute Wirtin, die gefällig und munter in ihrem Alter ist, schenkt Wein, Bier, Kaffee; und was über alles geht, sind zwei Linden, die mit ihren ausgebreiteten Ästen den kleinen Platz vor der Kirche bedecken, der ringsum mit Bauerhäusern, Scheuern und Höfen eingeschlossen ist. So vertraulich, so heimlich hab ich nicht leicht ein Plätzchen gefunden, und dahin laß ich mein Tischchen aus dem Wirtshause bringen und meinen Stuhl, trinke meinen Kaffee da und lese meinen Homer. Das erste Mal, als ich durch einen Zufall an einem schönen Nachmittage unter die Linden kam, fand ich das Plätzchen so einsam. Es war alles im Felde, nur ein Knabe von ungefähr vier Jahren saß an der Erde, und hielt ein anderes, etwa halbjähriges, vor ihm zwischen seinen Füßen sitzendes Kind mit beiden Armen wider seine Brust, so daß er ihm zu einer Art von Sessel diente und, ungeachtet der Munterkeit, womit er aus seinen schwarzen Augen herumschaute, ganz ruhig saß. Mich vergnügte der Anblick: ich setzte mich auf einen Pflug, der gegenüberstand, und zeichnete die brüderliche Stellung mit vielem Ergötzen. Ich fügte den nächsten Zaun, ein Scheunentor und einige gebrochene Wagenräder bei, alles wie es hintereinander stand, und fand nach Verlauf einer

* Der Leser wird sich keine Mühe geben, die hier genannten Orte zu suchen; man hat sich genötigt gesehen, die im Originale befindlichen wahren Namen zu verändern.

Stunde, daß ich eine wohlgeordnete, sehr interessante Zeichnung verfertiget hatte, ohne das mindeste von dem Meinen hinzuzutun. Das bestärkte mich in meinem Vorsatze, mich künftig allein an die Natur zu halten. Sie allein ist unendlich reich, und sie allein bildet den großen Künstler. Man kann zum Vorteile der Regel viel sagen, ungefähr was man zum Lobe der bürgerlichen Gesellschaft sagen kann. Ein Mensch, der sich nach ihnen bildet, wird nie etwas Abgeschmacktes und Schlechtes hervorbringen, wie einer, der sich durch Gesetze und Wohlstand modeln läßt, nie ein unerträglicher Nachbar, nie ein merkwürdiger Bösewicht werden kann; dagegen wird aber auch alle Regel, man rede was man wolle, das wahre Gefühl von Natur und den wahren Ausdruck derselben zerstören! Sag du, das ist zu hart! sie schränkt nur ein, beschneidet die geilen Reben etc. – Guter Freund, soll ich dir ein Gleichnis geben? Es ist damit wie mit der Liebe. Ein junges Herz hängt ganz an einem Mädchen, bringt alle Stunden seines Tages bei ihr zu, verschwendet alle seine Kräfte, all sein Vermögen, um ihr jeden Augenblick auszudrücken, daß er sich ganz ihr hingibt. Und da käme ein Philister, ein Mann, der in einem öffentlichen Amte steht, und sagte zu ihm: Feiner junger Herr! lieben ist menschlich, nur müßt Ihr menschlich lieben! Teilet Eure Stunden ein, die einen zur Arbeit, und die Erholungsstunden widmet Eurem Mädchen. Berechnet Euer Vermögen, und was Euch von Eurer Notdurft übrig bleibt, davon verwehr ich Euch nicht, ihr ein Geschenk, nur nicht zu oft, zu machen, etwa zu ihrem Geburts- und Namenstage etc. – Folgt der Mensch, so gibts einen brauchbaren jungen Menschen, und ich will selbst jedem Fürsten raten, ihn in ein Kollegium zu setzen;

nur mit seiner Liebe ists am Ende, und wenn er ein Künstler ist, mit seiner Kunst. O meine Freunde! warum der Strom des Genies so selten ausbricht, so selten in hohen Fluten hereinbraust und eure staunende Seele erschüttert? – Liebe Freunde, da wohnen die gelassenen Herren auf beiden Seiten des Ufers, denen ihre Gartenhäuschen, Tulpenbeete und Krautfelder zugrunde gehen würden, die daher inzeiten mit Dämmen und Ableiten der künftig drohenden Gefahr abzuwehren wissen.

Am 27. Mai.

Ich bin, wie ich sehe, in Verzückung, Gleichnisse und Deklamation verfallen und habe darüber vergessen, dir auszuerzählen, was mit den Kindern weiter geworden ist. Ich saß, ganz in malerische Empfindung vertieft, die dir mein gestriges Blatt sehr zerstückt darlegt, auf meinem Pfluge wohl zwei Stunden. Da kommt gegen Abend eine junge Frau auf die Kinder los, die sich indes nicht gerührt hatten, mit einem Körbchen am Arm, und ruft von weitem: Philipps, du bist recht brav. – Sie grüßte mich, ich dankte ihr, stand auf, trat näher hin und fragte sie, ob sie Mutter von den Kindern wäre. Sie bejahte es, und indem sie dem ältesten einen halben Weck gab, nahm sie das kleine auf und küßte es mit aller mütterlichen Liebe. – Ich habe, sagte sie, meinem Philipps das Kleine zu halten gegeben, und bin mit meinem Ältesten in die Stadt gegangen, um Weißbrot zu holen und Zucker und ein irden Breipfännchen. – Ich sah das alles in dem Korbe, dessen Deckel abgefallen war. – Ich will meinem Hans (das war der Name des Jüngsten) ein Süppchen kochen zum Abende; der lose Vogel, der Große, hat mir gestern das Pfännchen zerbrochen, als er sich mit Philippsen um die Scharre des Breis zankte. – Ich fragte nach dem Ältesten, und sie hatte mir kaum gesagt, daß er auf der Wiese sich mit ein paar Gänsen herumjage, als er gesprungen kam und dem Zweiten eine Haselgerte mitbrachte. Ich unterhielt mich weiter mit dem Weibe und erfuhr, daß sie des Schulmeisters Tochter sei, und daß ihr Mann eine Reise in die Schweiz gemacht habe, um die Erbschaft eines Vetters zu holen. – Sie haben ihn drum betrügen wollen, sagte sie, und ihm auf seine Briefe nicht geantwortet; da ist er selbst hineingegangen. Wenn ihm nur kein Unglück widerfahren ist! ich höre nichts von ihm. – Es ward mir schwer, mich von dem Weibe loszumachen, gab jedem der Kinder einen Kreuzer, und auch fürs jüngste gab ich ihr einen, ihm einen Weck zur Suppe mitzubringen, wenn sie in die Stadt ginge, und so schieden wir von einander.

Ich sage dir, mein Schatz, wenn meine Sinnen gar nicht mehr halten wollen, so lindert all den Tumult der Anblick eines solchen Geschöpfs, das in glücklicher Gelassenheit den engen Kreis seines Daseins hingeht, von einem Tage zum andern sich durchhilft, die Blätter abfallen sieht und nichts dabei denkt, als daß der Winter kommt.

Seit der Zeit bin ich oft draußen. Die Kinder sind ganz an mich gewöhnt, sie kriegen Zucker, wenn ich Kaffee trinke, und teilen das Butterbrot und die saure Milch mit mir des Abends. Sonntags fehlt ihnen der Kreuzer nie, und wenn ich nicht nach der Betstunde da bin, so hat die Wirtin Ordre, ihn auszuzahlen.

Sie sind vertraut, erzählen mir allerhand, und besonders ergötze ich mich an ihren Leidenschaften und simpeln Ausbrüchen des Begehrens, wenn mehr Kinder aus dem Dorfe sich versammeln.

Viel Mühe hat michs gekostet, der Mutter ihre Besorgnis zu nehmen, sie möchten den Herrn inkommodieren.

Am 30. Mai.

Was ich dir neulich von der Malerei sagte, gilt gewiß auch von der Dichtkunst; es ist nur, daß man das Vortreffliche erkenne und es auszusprechen wage, und das ist freilich mit wenigem viel gesagt. Ich habe heut eine Szene gehabt, die, rein abgeschrieben, die schönste Idylle von der Welt gäbe; doch was soll Dichtung, Szene und Idylle? muß es denn immer gebosselt sein, wenn wir teil an einer Naturerscheinung nehmen sollen?

Wenn du auf diesen Eingang viel Hohes und Vornehmes erwartest, so bist du wieder übel betrogen; es ist nichts als ein Bauerbursch, der mich zu dieser lebhaften Teilnehmung hingerissen hat. – Ich werde, wie gewöhnlich, schlecht erzählen, und du wirst mich, wie gewöhnlich, denk ich, übertrieben finden; es ist wieder Wahlheim, und immer Wahlheim, das diese Seltenheiten hervorbringt.

Es war eine Gesellschaft draußen unter den Linden, Kaffee zu trinken. Weil sie mir nicht ganz anstand, so blieb ich unter einem Vorwande zurück.

Ein Bauerbursch kam aus einem benachbarten Hause und beschäftigte sich, an dem Pfluge, den ich neulich gezeichnet hatte, etwas zurechtzumachen. Da mir sein Wesen gefiel, redete ich ihn an, fragte nach seinen Umständen, wir waren bald bekannt und, wie mirs gewöhnlich mit dieser Art Leuten geht, bald vertraut. Er erzählte mir, daß er bei einer Witwe in Diensten sei und von ihr gar wohl gehalten werde. Er sprach so vieles von ihr und lobte sie dergestalt, daß ich bald merken konnte, er sei ihr mit Leib und Seele zugetan. Sie sei nicht mehr jung, sagte er, sie sei von ihrem ersten Mann übel gehalten worden, wolle nicht mehr heiraten, und aus seiner Erzählung leuchtete so merklich hervor, wie schön, wie reizend sie für ihn sei, wie sehr er wünsche, daß sie ihn wählen möchte, um das Andenken der Fehler ihres ersten Mannes auszulöschen, daß ich Wort für Wort wiederholen müßte, um dir die reine Neigung, die Liebe und Treue dieses Menschen anschaulich zu machen. Ja, ich müßte die Gabe des größten Dichters besitzen, um dir zugleich den Ausdruck seiner Gebärden, die Harmonie seiner Stimme, das heimliche Feuer seiner Blicke lebendig darstellen zu können. Nein, es sprechen keine Worte die Zartheit aus, die in seinem ganzen Wesen und Ausdruck war; es ist alles nur plump, was ich wieder vorbringen könnte. Besonders rührte mich, wie er fürchtete, ich möchte über sein Verhältnis zu ihr ungleich denken und an ihrer guten Aufführung zweifeln. Wie reizend es war, wenn er von ihrer Gestalt, von ihrem Körper sprach, der ihn ohne jugendliche Reize gewaltsam an sich zog und fesselte, kann ich mir nur in meiner innersten Seele wiederholen. Ich hab in meinem Leben die dringende Begierde und das heiße, sehnliche Verlangen nicht in dieser Reinheit gesehen, ja wohl kann ich sagen: in dieser Reinheit nicht gedacht und geträumt. Schelte mich nicht, wenn ich dir sage, daß bei der Erinnerung dieser Unschuld und Wahrheit mir die innerste Seele glüht, und daß mich das Bild dieser Treue und Zärtlichkeit überall verfolgt, und daß ich, wie selbst davon entzündet, lechze und schmachte.

Ich will nun suchen, auch sie ehstens zu sehn, oder vielmehr, wenn ichs recht bedenke, ich wills vermeiden. Es ist besser, ich sehe sie durch die Augen ihres Liebhabers; vielleicht erscheint sie mir vor meinen eignen Augen nicht so, wie sie jetzt vor mir steht, und warum soll ich mir das schöne Bild verderben?

Am 16. Junius.

Warum ich dir nicht schreibe? – Fragst du das und bist doch auch der Gelehrten einer. Du solltest raten, daß ich mich wohl befinde, und zwar – Kurz und gut, ich habe eine Bekanntschaft gemacht, die mein Herz näher angeht. Ich habe – ich weiß nicht.

Dir in der Ordnung zu erzählen, wie's zugegangen ist, daß ich eines der liebenswürdigsten Geschöpfe habe kennen lernen, wird schwer halten. Ich bin vergnügt und also kein guter Historienschreiber.

Einen Engel! – Pfui! das sagt jeder von der Seinigen, nicht wahr? Und doch bin ich nicht imstande, dir zu sagen, wie sie vollkommen ist, warum sie vollkommen ist; genug, sie hat allen meinen Sinn gefangen genommen.

So viel Einfalt bei so viel Verstand, so viele Güte bei so viel Festigkeit, und die Ruhe der Seele bei dem wahren Leben und der Tätigkeit. –

Das ist alles garstiges Gewäsch, was ich da von ihr sage, leidige Abstraktionen, die nicht einen Zug ihres Selbst ausdrücken. Ein andermal – Nein, nicht ein andermal, jetzt gleich will ich dirs erzählen. Tu ichs jetzt nicht, so geschäh es niemals. Denn, unter uns, seit ich angefangen habe zu schreiben, war ich schon dreimal im Begriffe, die Feder niederzulegen, mein Pferd satteln zu lassen und hinauszureiten. Und doch schwur ich mir heute früh, nicht hinauszureiten, und gehe doch alle Augenblick ans Fenster, zu sehen, wie hoch die Sonne noch steht. – – –

Ich habs nicht überwinden können, ich mußte zu ihr hinaus. Da bin ich wieder, Wilhelm, will mein Butterbrot zu Nacht essen und dir schreiben. Welch eine Wonne das für meine Seele ist, sie in dem Kreise der lieben muntern Kinder, ihrer acht Geschwister zu sehen! –

Wenn ich so fortfahre, wirst du am Ende so klug sein wie am Anfange. Höre denn, ich will mich zwingen, ins Detail zu gehen.

Ich schrieb dir neulich, wie ich den Amtmann S .. habe kennen lernen und wie er mich gebeten habe, ihn bald in seiner Einsiedelei, oder vielmehr seinem kleinen Königreiche zu besuchen. Ich vernachlässigte das und wäre vielleicht nie hingekommen, hätte mir der Zufall nicht den Schatz entdeckt, der in der stillen Gegend verborgen liegt.

Unsere jungen Leute hatten einen Ball auf dem Lande angestellt, zu dem ich mich denn auch willig finden ließ. Ich bot einem hiesigen guten, schönen, übrigens unbedeutenden Mädchen die Hand und es wurde ausgemacht, daß ich eine Kutsche nehmen, mit meiner Tänzerin und ihrer Base nach dem Orte der Lustbarkeit hinausfahren und auf dem Wege Charlotten S .. mitnehmen sollte. – Sie werden ein schönes Frauenzimmer kennen lernen, sagte meine Gesellschafterin, da wir durch den weiten ausgehauenen Wald nach dem Jagdhause fuhren. – Nehmen Sie sich in acht, versetzte die Base, daß Sie sich nicht verlieben! – Wie so? sagte ich. – Sie ist schon vergeben, antwortete jene, an einen sehr braven Mann, der weggereist ist, seine Sachen in Ordnung zu bringen, weil sein Vater gestorben ist, und sich um eine ansehnliche Versorgung zu bewerben. – Die Nachricht war mir ziemlich gleichgültig.

D: Chodowiecki delin & f.

Die Sonne war noch eine Viertelstunde vom Gebirge, als wir vor dem Hoftore anfuhren. Es war sehr schwül, und die Frauenzimmer äußerten ihre Besorgnis wegen eines Gewitters, das sich in weißgrauen dumpfichten Wölkchen rings am Horizonte zusammenzuziehen schien. Ich täuschte ihre Furcht mit anmaßlicher Wetterkunde, ob mir gleich selbst zu ahnen anfing, unsere Lustbarkeit werde einen Stoß leiden.

Ich war ausgestiegen, und eine Magd, die ans Tor kam, bat uns, einen Augenblick zu verziehen, Mamsell Lottchen würde gleich kommen. Ich ging durch den Hof nach dem wohlgebauten Hause, und da ich die vorliegenden Treppen hinaufgestiegen war und in die Tür trat, fiel mir das reizendste Schauspiel in die Augen, das ich je gesehen habe. In dem Vorsaale wimmelten sechs Kinder, von eilf zu zwei Jahren, um ein Mädchen von schöner Gestalt, mittlerer Größe, die ein simples weißes Kleid, mit blaßroten Schleifen an Arm und Brust, anhatte. Sie hielt ein schwarzes Brot und schnitt ihren Kleinen ringsherum jedem sein Stück nach Proportion ihres Alters und Appetits ab, gabs jedem mit solcher Freundlichkeit, und jedes rufte so ungekünstelt sein: Danke! indem es mit den kleinen Händchen lange in die Höhe gereicht hatte, ehe es noch abgeschnitten war, und nun mit seinem Abendbrote vergnügt entweder wegsprang, oder nach seinem stillern Charakter gelassen davonging nach dem Hoftore zu, um die Fremden und die Kutsche zu sehen, darinnen ihre Lotte wegfahren sollte. – Ich bitte um Vergebung, sagte sie, daß ich Sie hereinbemühe und die Frauenzimmer warten lasse. Über dem Anziehen und allerlei Bestellungen fürs Haus in meiner Abwesenheit habe ich vergessen, meinen Kindern ihr Vesperbrot zu geben, und sie wollen von

Chodowiecki del. Geyser sc.

niemanden Brot geschnitten haben als von mir. – Ich machte ihr ein unbedeutendes Kompliment, meine ganze Seele ruhte auf der Gestalt, dem Tone, dem Betragen, und ich hatte eben Zeit, mich von der Überraschung zu erholen, als sie in die Stube lief, ihre Handschuhe und den Fächer zu holen. Die Kleinen sahen mich in einiger Entfernung so von der Seite an, und ich ging auf das jüngste los, das ein Kind von der glücklichsten Gesichtsbildung war. Es zog sich zurück, als eben Lotte zur Türe herauskam und sagte: Louis, gib dem Herrn Vetter eine Hand. – Das tat der Knabe sehr freimütig, und ich konnte mich nicht enthalten, ihn ungeachtet seines kleinen Rotznäschens herzlich zu küssen. – Vetter? sagte ich, indem ich ihr die Hand reichte, glauben Sie, daß ich des Glücks wert sei, mit Ihnen verwandt zu sein? – O, sagte sie mit einem leichtfertigen Lächeln, unsere Vetterschaft ist sehr weitläufig, und es wäre mir leid, wenn Sie der schlimmste drunter sein sollten. – Im Gehen gab sie Sophien, der ältesten Schwester nach ihr, einem Mädchen von ungefähr eilf Jahren, den Auftrag, wohl auf die Kinder achtzuhaben und den Papa zu grüßen, wenn er vom Spazierritte nach Hause käme. Den Kleinen sagte sie, sie sollten ihrer Schwester Sophie folgen, als wenn sie's selber wäre, das denn auch einige ausdrücklich versprachen. Eine kleine naseweise Blondine aber, von ungefähr sechs Jahren, sagte: Du bists doch nicht, Lottchen, wir haben dich doch lieber. – Die zwei ältesten Knaben waren auf die Kutsche geklettert, und auf mein Vorbitten erlaubte sie ihnen, bis vor den Wald mitzufahren, wenn sie versprächen, sich nicht zu necken und sich recht festzuhalten.

Wir hatten uns kaum zurechtgesetzt, die Frauenzimmer sich bewillkommet, wechselweise über den

Anzug, vorzüglich über die Hüte, ihre Anmerkungen gemacht und die Gesellschaft, die man erwartete, gehörig durchgezogen, als Lotte den Kutscher halten und ihre Brüder herabsteigen ließ, die noch einmal ihre Hand zu küssen begehrten, das denn der älteste mit aller Zärtlichkeit, die dem Alter von funfzehn Jahren eigen sein kann, der andere mit viel Heftigkeit und Leichtsinn tat. Sie ließ die Kleinen noch einmal grüßen, und wir fuhren weiter.
Die Base fragte, ob sie mit dem Buche fertig wäre, das sie ihr neulich geschickt hätte. – Nein, sagte Lotte, es gefällt mir nicht; Sie könnens wiederhaben. Das vorige war auch nicht besser. – Ich erstaunte, als ich fragte, was es für Bücher wären, und sie mir antwortete*: – Ich fand so viel Charakter in allem, was sie sagte, ich sah mit jedem Wort neue Reize, neue Strahlen des Geistes aus ihren Gesichtszügen hervorbrechen, die sich nach und nach vergnügt zu entfalten schienen, weil sie an mir fühlte, daß ich sie verstand.
Wie ich jünger war, sagte sie, liebte ich nichts so sehr als Romane. Weiß Gott, wie wohl mirs war, wenn ich mich Sonntags so in ein Eckchen setzen und mit ganzem Herzen an dem Glück und Unstern einer Miß Jenny teilnehmen konnte. Ich leugne auch nicht, daß die Art noch einige Reize für mich hat. Doch da ich so selten an ein Buch komme, so muß es auch recht nach meinem Geschmack sein. Und der Autor ist mir der liebste, in dem ich meine Welt wiederfinde, bei dem es zugeht wie um mich, und dessen Geschichte mir doch so interessant und herzlich wird als mein eigen häuslich Leben, das freilich kein Paradies,

* Man sieht sich genötigt, diese Stelle des Briefes zu unterdrücken, um niemand Gelegenheit zu einiger Beschwerde zu geben. Obgleich im Grunde jedem Autor wenig an dem Urteile eines einzelnen Mädchens und eines jungen unsteten Menschen gelegen sein kann.

aber doch im ganzen eine Quelle unsäglicher Glückseligkeit ist.

Ich bemühte mich, meine Bewegungen über diese Worte zu verbergen. Das ging freilich nicht weit: denn da ich sie mit solcher Wahrheit im Vorbeigehen vom Landpriester von Wakefield, vom –* reden hörte, kam ich ganz außer mich, sagte ihr alles, was ich mußte, und bemerkte erst nach einiger Zeit, da Lotte das Gespräch an die anderen wendete, daß diese die Zeit über mit offenen Augen, als säßen sie nicht da, dagesessen hatten. Die Base sah mich mehr als einmal mit einem spöttischen Näschen an, daran mir aber nichts gelegen war.

Das Gespräch fiel aufs Vergnügen am Tanze. – Wenn diese Leidenschaft ein Fehler ist, sagte Lotte, so gestehe ich Ihnen gern, ich weiß mir nichts übers Tanzen. Und wenn ich was im Kopfe habe und mir auf meinem verstimmten Klavier einen Contretanz vortrommle, so ist alles wieder gut.

Wie ich mich unter dem Gespräche in den schwarzen Augen weidete! wie die lebendigen Lippen und die frischen muntern Wangen meine ganze Seele anzogen! wie ich, in den herrlichen Sinn ihrer Rede ganz versunken, oft gar die Worte nicht hörte, mit denen sie sich ausdrückte! – davon hast du eine Vorstellung, weil du mich kennst. Kurz, ich stieg aus dem Wagen wie ein Träumender, als wir vor dem Lusthause stillehielten, und war so in Träumen rings in der dämmernden Welt verloren, daß ich auf die Musik kaum achtete, die uns von dem erleuchteten Saal herunter entgegenschallte.

* Man hat auch hier die Namen einiger vaterländischen Autoren ausgelassen. Wer teil an Lottens Beifall hat, wird es gewiß an seinem Herzen fühlen, wenn er diese Stelle lesen sollte, und sonst braucht es ja niemand zu wissen.

Die zwei Herrn Audran und ein gewisser N. N. – wer behält alle die Namen! – die der Base und Lottens Tänzer waren, empfingen uns am Schlage, bemächtigten sich ihrer Frauenzimmer, und ich führte das meinige hinauf.

Wir schlangen uns in Menuetts um einander herum; ich forderte ein Frauenzimmer nach dem andern auf, und just die unleidlichsten konnten nicht dazu kommen, einem die Hand zu reichen und ein Ende zu machen. Lotte und ihr Tänzer fingen einen Englischen an, und wie wohl mirs war, als sie auch in der Reihe die Figur mit uns anfing, magst du fühlen. Tanzen muß man sie sehen! Siehst du, sie ist so mit ganzem Herzen und mit ganzer Seele dabei, ihr ganzer Körper Eine Harmonie, so sorglos, so unbefangen, als wenn das eigentlich alles wäre, als wenn sie sonst nichts dächte, nichts empfände; und in dem Augenblicke gewiß schwindet alles andere vor ihr.

Ich bat sie um den zweiten Contretanz; sie sagte mir den dritten zu, und mit der liebenswürdigsten Freimütigkeit von der Welt versicherte sie mir, daß sie herzlich gern Deutsch tanze. – Es ist hier so Mode, fuhr sie fort, daß jedes Paar, das zusammengehört, beim Deutschen zusammenbleibt, und mein Chapeau walzt schlecht und dankt mirs, wenn ich ihm die Arbeit erlasse. Ihr Frauenzimmer kanns auch nicht und mag nicht, und ich habe im Englischen gesehen, daß Sie gut walzen; wenn Sie nun mein sein wollen fürs Deutsche, so gehen Sie und bitten sichs von meinem Herrn aus, und ich will zu Ihrer Dame gehen. – Ich gab ihr die Hand darauf, und wir machten aus, daß ihr Tänzer inzwischen meine Tänzerin unterhalten sollte. Nun gings an! und wir ergötzten uns eine Weile an mannigfaltigen Schlingungen der Arme. Mit welchem

Reize, mit welcher Flüchtigkeit bewegte sie sich! und da wir nun gar ans Walzen kamen und wie die Sphären um einander herumrollten, gings freilich anfangs, weils die wenigsten können, ein bißchen bunt durcheinander. Wir waren klug und ließen sie austoben, und als die Ungeschicktesten den Plan geräumt hatten, fielen wir ein und hielten mit noch einem Paare, mit Audran und seiner Tänzerin, wacker aus. Nie ist mirs so leicht vom Flecke gegangen. Ich war kein Mensch mehr. Das liebenswürdigste Geschöpf in den Armen zu haben und mit ihr herumzufliegen wie Wetter, daß alles ringsumher verging, und – Wilhelm, um ehrlich zu sein, tat ich aber doch den Schwur, daß ein Mädchen, das ich liebte, auf das ich Ansprüche hätte, mir nie mit einem andern walzen sollte als mit mir, und wenn ich drüber zugrunde gehen müßte. Du verstehst mich!

Wir machten einige Touren gehend im Saale, um zu verschnaufen. Dann setzte sie sich, und die Orangen, die ich beiseite gebracht hatte, die nun die einzigen noch übrigen waren, taten vortreffliche Wirkung, nur daß mir mit jedem Schnittchen, das sie einer unbescheidenen Nachbarin ehrenhalben zuteilte, ein Stich durchs Herz ging.

Beim dritten Englischen Tanz waren wir das zweite Paar. Wie wir die Reihe durchtanzten und ich, weiß Gott mit wieviel Wonne, an ihrem Arm und Auge hing, das voll vom wahresten Ausdruck des offensten, reinsten Vergnügens war, kommen wir an eine Frau, die mir wegen ihrer liebenswürdigen Miene auf einem nicht mehr ganz jungen Gesichte merkwürdig gewesen war. Sie sieht Lotten lächelnd an, hebt einen drohenden Finger auf und nennt den Namen Albert zweimal im Vorbeifliegen mit viel Bedeutung.

Wer ist Albert? sagte ich zu Lotten, wenns nicht Vermessenheit ist zu fragen. – Sie war im Begriff zu antworten, als wir uns scheiden mußten, um die große Achte zu machen, und mich dünkte einiges Nachdenken auf ihrer Stirn zu sehen, als wir so vor einander vorbeikreuzten. – Was soll ichs Ihnen leugnen, sagte sie, indem sie mir die Hand zur Promenade bot, Albert ist ein braver Mensch, dem ich so gut als verlobt bin. – Nun war mir das nichts Neues (denn die Mädchen hatten mirs auf dem Wege gesagt) und war mir doch so ganz neu, weil ich es noch nicht im Verhältnis auf sie, die mir in so wenig Augenblicken so wert geworden war, gedacht hatte. Genug, ich verwirrte mich, vergaß mich, und kam zwischen das unrechte Paar hinein, daß alles drunter und drüber ging, und Lottens ganze Gegenwart und Zerren und Ziehen nötig war, um es schnell wieder in Ordnung zu bringen.

Der Tanz war noch nicht zu Ende, als die Blitze, die wir schon lange am Horizonte leuchten gesehen, und die ich immer für Wetterkühlen ausgegeben hatte, viel stärker zu werden anfingen und der Donner die Musik überstimmte. Drei Frauenzimmer liefen aus der Reihe, denen ihre Herrn folgten; die Unordnung wurde allgemein, und die Musik hörte auf. Es ist natürlich, wenn uns ein Unglück oder etwas Schreckliches im Vergnügen überrascht, daß es stärkere Eindrücke auf uns macht als sonst, teils wegen des Gegensatzes, der sich so lebhaft empfinden läßt, teils und noch mehr, weil unsere Sinnen einmal der Fühlbarkeit geöffnet sind und also desto schneller einen Eindruck annehmen. Diesen Ursachen muß ich die wunderbaren Grimassen zuschreiben, in die ich mehrere Frauenzimmer ausbrechen sah. Die klügste setzte sich

in eine Ecke, mit dem Rücken gegen das Fenster, und hielt die Ohren zu. Eine andere kniete vor ihr nieder und verbarg den Kopf in der ersten Schoß. Eine dritte schob sich zwischen beide hinein und umfaßte ihre Schwesterchen mit tausend Tränen. Einige wollten nach Hause; andere, die noch weniger wußten, was sie taten, hatten nicht so viel Besinnungskraft, den Keckheiten unserer jungen Schlucker zu steuern, die sehr beschäftigt zu sein schienen, alle die ängstlichen Gebete, die dem Himmel bestimmt waren, von den Lippen der schönen Bedrängten wegzufangen. Einige unserer Herren hatten sich hinabbegeben, um ein Pfeifchen in Ruhe zu rauchen; und die übrige Gesellschaft schlug es nicht aus, als die Wirtin auf den klugen Einfall kam, uns ein Zimmer anzuweisen, das Läden und Vorhänge hätte. Kaum waren wir da angelangt, als Lotte beschäftiget war, einen Kreis von Stühlen zu stellen, und, als sich die Gesellschaft auf ihre Bitte gesetzt hatte, den Vortrag zu einem Spiele zu tun.
Ich sah manchen, der in Hoffnung auf ein saftiges Pfand sein Mäulchen spitzte und seine Glieder reckte. – Wir spielen Zählens, sagte sie. Nun gebt acht! Ich geh im Kreis herum von der Rechten zur Linken, und so zählt ihr auch ringsherum, jeder die Zahl, die an ihn kommt, und das muß gehen wie ein Lauffeuer, und wer stockt oder sich irrt, kriegt eine Ohrfeige, und so bis tausend. – Nun war das lustig anzusehen. Sie ging mit ausgestrecktem Arm im Kreise herum. Eins, fing der erste an, der Nachbar zwei, drei der folgende, und so fort. Dann fing sie an, geschwinder zu gehen, immer geschwinder; da versahs einer, patsch! eine Ohrfeige, und über das Gelächter der folgende auch patsch! Und immer geschwinder. Ich selbst kriegte zwei Maulschellen und glaubte mit innigem Vergnügen zu be-

merken, daß sie stärker seien, als sie sie den übrigen zuzumessen pflegte. Ein allgemeines Gelächter und Geschwärm endigte das Spiel, ehe noch das Tausend ausgezählt war. Die Vertrautesten zogen einander beiseite, das Gewitter war vorüber, und ich folgte Lotten in den Saal. Unterwegs sagte sie: Über die Ohrfeigen haben sie Wetter und alles vergessen! – Ich konnte ihr nichts antworten. – Ich war, fuhr sie fort, eine der Furchtsamsten, und indem ich mich herzhaft stellte, um den anderen Mut zu geben, bin ich mutig geworden. – Wir traten ans Fenster. Es donnerte abseitwärts, und der herrliche Regen säuselte auf das Land, und der erquickendste Wohlgeruch stieg in aller Fülle einer warmen Luft zu uns auf. Sie stand auf ihren Ellenbogen gestützt, ihr Blick durchdrang die Gegend, sie sah gen Himmel und auf mich, ich sah ihr Auge tränenvoll, sie legte ihre Hand auf die meinige und sagte: – Klopstock! – Ich erinnerte mich sogleich der herrlichen Ode, die ihr in Gedanken lag, und versank in dem Strome von Empfindungen, den sie in dieser Losung über mich ausgoß. Ich ertrugs nicht, neigte mich auf ihre Hand und küßte sie unter den wonnevollsten Tränen. Und sah nach ihrem Auge wieder – Edler! hättest du deine Vergötterung in diesem Blicke gesehen, und möchte ich nun deinen so oft entweihten Namen nie wieder nennen hören.

Am 19. Junius.

Wo ich neulich mit meiner Erzählung geblieben bin, weiß ich nicht mehr; das weiß ich, daß es zwei Uhr des Nachts war, als ich zu Bette kam, und daß, wenn ich dir hätte vorschwatzen können, statt zu schreiben, ich dich vielleicht bis an den Morgen aufgehalten hätte.

Was auf unserer Hereinfahrt vom Balle geschehen ist, habe ich noch nicht erzählt, habe auch heute keinen Tag dazu.
Es war der herrlichste Sonnenaufgang. Der tröpfelnde Wald, und das erfrischte Feld umher! Unsere Gesellschafterinnen nickten ein. Sie fragte mich, ob ich nicht auch von der Partie sein wollte? ihrentwegen sollt ich unbekümmert sein. – Solange ich diese Augen offen sehe, sagte ich und sah sie fest an, so lange hats keine Gefahr. – Und wir haben beide ausgehalten bis an ihr Tor, da ihr die Magd leise aufmachte und auf ihr Fragen versicherte, daß Vater und Kleine wohl seien und alle noch schliefen. Da verließ ich sie mit der Bitte, sie selbigen Tages noch sehen zu dürfen; sie gestand mirs zu, und ich bin gekommen; und seit der Zeit können Sonne, Mond und Sterne geruhig ihre Wirtschaft treiben, ich weiß weder, daß Tag noch daß Nacht ist, und die ganze Welt verliert sich um mich her.

Am 21. Junius.

Ich lebe so glückliche Tage, wie sie Gott seinen Heiligen ausspart; und mit mir mag werden, was will, so darf ich nicht sagen, daß ich die Freuden, die reinsten Freuden des Lebens nicht genossen habe. – Du kennst mein Wahlheim; dort bin ich völlig etabliert, von da habe ich nur eine halbe Stunde zu Lotten, dort fühl ich mich selbst und alles Glück, das dem Menschen gegeben ist.
Hätt ich gedacht, als ich mir Wahlheim zum Zwecke meiner Spaziergänge wählte, daß es so nahe am Himmel läge! Wie oft habe ich das Jagdhaus, das nun alle meine Wünsche einschließt, auf meinen weiten Wanderungen, bald vom Berge, bald von der Ebne über den Fluß gesehen!

Lieber Wilhelm, ich habe allerlei nachgedacht, über die Begier im Menschen, sich auszubreiten, neue Entdeckungen zu machen, herumzuschweifen; und dann wieder über den inneren Trieb, sich der Einschränkung willig zu ergeben, in dem Gleise der Gewohnheit so hinzufahren und sich weder um Rechts noch um Links zu bekümmern.
Es ist wunderbar: wie ich hierher kam und vom Hügel in das schöne Tal schaute, wie es mich ringsumher anzog. – Dort das Wäldchen! – Ach könntest du dich in seine Schatten mischen! – Dort die Spitze des Berges! – Ach könntest du von da die weite Gegend überschauen! – Die ineinandergeketteten Hügel und vertraulichen Täler! – O könnte ich mich in ihnen verlieren! – – Ich eilte hin und kehrte zurück und hatte nicht gefunden, was ich hoffte. O es ist mit der Ferne wie mit der Zukunft! Ein großes dämmerndes Ganze ruht vor unserer Seele, unsere Empfindung verschwimmt darin wie unser Auge, und wir sehnen uns, ach! unser ganzes Wesen hinzugeben, uns mit aller Wonne eines einzigen, großen, herrlichen Gefühls ausfüllen zu lassen – Und ach! wenn wir hinzueilen, wenn das Dort nun Hier wird, ist alles vor wie nach, und wir stehen in unserer Armut, in unserer Eingeschränktheit, und unserer Seele lechzt nach entschlüpftem Labsale.
So sehnt sich der unruhigste Vagabund zuletzt wieder nach seinem Vaterlande und findet in seiner Hütte, an der Brust seiner Gattin, in dem Kreise seiner Kinder, in den Geschäften zu ihrer Erhaltung die Wonne, die er in der weiten Welt vergebens suchte.
Wenn ich des Morgens mit Sonnenaufgange hinausgehe nach meinem Wahlheim und dort im Wirtsgarten mir meine Zuckererbsen selbst pflücke, mich hinsetze,

sie abfädne und dazwischen in meinem Homer lese; wenn ich in der kleinen Küche mir einen Topf wähle, mir Butter aussteche, Schoten ans Feuer stelle, zudecke und mich dazu setze, sie manchmal umzuschütteln: da fühl ich so lebhaft, wie die übermütigen Freier der Penelope Ochsen und Schweine schlachten, zerlegen und braten. Es ist nichts, das mich so mit einer stillen, wahren Empfindung ausfüllte als die Züge patriarchalischen Lebens, die ich, Gott sei Dank, ohne Affektation in meine Lebensart verweben kann.
Wie wohl ist mirs, daß mein Herz die simple harmlose Wonne des Menschen fühlen kann, der ein Krauthaupt auf seinen Tisch bringt, das er selbst gezogen, und nun nicht den Kohl allein, sondern all die guten Tage, den schönen Morgen, da er ihn pflanzte, die lieblichen Abende, da er ihn begoß und da er an dem fortschreitenden Wachstum seine Freude hatte, alle in Einem Augenblicke wieder mitgenießt.

Am 29. Junius.

Vorgestern kam der Medikus hier aus der Stadt hinaus zum Amtmann und fand mich auf der Erde unter Lottens Kindern, wie einige auf mir herumkrabbelten, andere mich neckten, und wie ich sie kitzelte und ein großes Geschrei mit ihnen erregte. Der Doktor, der eine sehr dogmatische Drahtpuppe ist, unterm Reden seine Manschetten in Falten legt und einen Kräusel ohne Ende herauszupft, fand dieses unter der Würde eines gescheiten Menschen; das merkte ich an seiner Nase. Ich ließ mich aber in nichts stören, ließ ihn sehr vernünftige Sachen abhandeln und baute den Kindern ihre Kartenhäuser wieder, die sie zerschlagen hatten. Auch ging er darauf in der Stadt herum und beklagte: des Amtmanns Kinder wären so

schon ungezogen genug, der Werther verderbe sie nun völlig.
Ja, lieber Wilhelm, meinem Herzen sind die Kinder am nächsten auf der Erde. Wenn ich ihnen zusehe und in dem kleinen Dinge die Keime aller Tugenden, aller Kräfte sehe, die sie einmal so nötig brauchen werden; wenn ich in dem Eigensinne künftige Standhaftigkeit und Festigkeit des Charakters, in dem Mutwillen guten Humor und Leichtigkeit, über die Gefahren der Welt hinzuschlüpfen, erblicke, alles so unverdorben, so ganz! – immer, immer wiederhole ich dann die goldenen Worte des Lehrers der Menschen: Wenn ihr nicht werdet wie eines von diesen! Und nun, mein Bester, sie, die unseresgleichen sind, die wir als unsere Muster ansehen sollten, behandeln wir als Untertanen. Sie sollen keinen Willen haben! – Haben wir denn keinen? Und wo liegt das Vorrecht? – Weil wir älter sind und gescheiter! – Guter Gott von deinem Himmel, alte Kinder siehst du und junge Kinder und nichts weiter; und an welchen du mehr Freude hast, das hat dein Sohn schon lange verkündigt. Aber sie glauben an ihn und hören ihn nicht, – das ist auch was Altes! – und bilden ihre Kinder nach sich und – Adieu, Wilhelm! Ich mag darüber nicht weiter radotieren.

Am 1. Julius.

Was Lotte einem Kranken sein muß, fühl ich an meinem eigenen armen Herzen, das übler dran ist als manches, das auf dem Siechbette verschmachtet. Sie wird einige Tage in der Stadt bei einer rechtschaffnen Frau zubringen, die sich nach der Aussage der Ärzte ihrem Ende naht und in diesen letzten Augenblicken Lotten um sich haben will. Ich war vorige Woche mit ihr, den Pfarrer von St.. zu besuchen; ein Örtchen, das eine Stunde seitwärts im Gebirge liegt. Wir kamen gegen vier dahin. Lotte hatte ihre zweite Schwester mitgenommen. Als wir in den mit zwei hohen Nußbäumen überschatteten Pfarrhof traten, saß der gute alte Mann auf einer Bank vor der Haustür, und da er Lotten sah, ward er wie neu belebt, vergaß seinen Knotenstock und wagte sich auf, ihr entgegen. Sie lief hin zu ihm, nötigte ihn, sich niederzulassen, indem sie sich zu ihm setzte, brachte viele Grüße von ihrem Vater, herzte seinen garstigen, schmutzigen jüngsten Buben, das Quakelchen seines Alters. Du hättest sie sehen sollen, wie sie den Alten beschäftigte, wie sie ihre Stimme erhob, um seinen halb tauben Ohren vernehmlich zu werden, wie sie ihm von jungen robusten Leuten erzählte, die unvermutet gestorben wären, von der Vortrefflichkeit des Karlsbades, und wie sie seinen Entschluß lobte, künftigen Sommer hinzugehen, wie sie fand, daß er viel besser aussähe, viel munterer sei als das letztemal, da sie ihn gesehn. Ich hatte indes der Frau Pfarrerin meine Höflichkeiten gemacht. Der Alte wurde ganz munter, und da ich nicht umhin konnte, die schönen Nußbäume zu loben, die uns so lieblich beschatteten, fing er an, uns, wiewohl mit einiger Beschwerlichkeit, die Geschichte davon zu geben. – Den alten, sagte er, wissen wir nicht, wer den gepflanzt hat: einige sagen dieser, andere jener Pfarrer. Der jüngere aber dort hinten ist so alt als meine Frau, im Oktober funfzig Jahr. Ihr Vater pflanzte ihn des Morgens, als sie gegen Abend geboren wurde. Er war mein Vorfahr im Amt, und wie lieb ihm der Baum war, ist nicht zu sagen; mir ist ers gewiß nicht weniger. Meine Frau saß darunter auf einem Balken und strickte, da ich vor siebenundzwanzig Jahren als ein armer Student zum ersten Male hier in den Hof kam. – Lotte

fragte nach seiner Tochter: es hieß, sie sei mit Herrn Schmidt auf die Wiese hinaus zu den Arbeitern, und der Alte fuhr in seiner Erzählung fort: wie sein Vorfahr ihn liebgewonnen und die Tochter dazu, und wie er erst sein Vikar und dann sein Nachfolger geworden. Die Geschichte war nicht lange zu Ende, als die Jungfer Pfarrerin mit dem sogenannten Herrn Schmidt durch den Garten herkam; sie bewillkommte Lotten mit herzlicher Wärme, und ich muß sagen, sie gefiel mir nicht übel: eine rasche, wohlgewachsene Brünette, die einen die kurze Zeit über auf dem Lande wohl unterhalten hätte. Ihr Liebhaber (denn als solchen stellte sich Herr Schmidt gleich dar), ein feiner, doch stiller Mensch, der sich nicht in unsere Gespräche mischen wollte, ob ihn gleich Lotte immer hereinzog. Was mich am meisten betrübte, war, daß ich an seinen Gesichtszügen zu bemerken schien, es sei mehr Eigensinn und übler Humor als Eingeschränktheit des Verstandes, der ihn sich mitzuteilen hinderte. In der Folge ward dies leider nur zu deutlich; denn als Friederike beim Spazierengehen mit Lotten und gelegentlich auch mit mir ging, wurde des Herrn Angesicht, das ohnedies einer bräunlichen Farbe war, so sichtlich verdunkelt, daß es Zeit war, daß Lotte mich beim Ärmel zupfte und mir zu verstehn gab, daß ich mit Friederiken zu artig getan. Nun verdrießt mich nichts mehr, als wenn die Menschen einander plagen, am meisten, wenn junge Leute in der Blüte des Lebens, da sie am offensten für alle Freuden sein könnten, einander die paar guten Tage mit Fratzen verderben und nur erst zu spät das Unersetzliche ihrer Verschwendung einsehen. Mich wurmte das, und ich konnte nicht umhin, da wir gegen Abend in den Pfarrhof zurückkehrten und an einem Tische Milch aßen, und das

Gespräch auf Freude und Leid der Welt sich wendete, den Faden zu ergreifen und recht herzlich gegen die üble Laune zu reden. – Wir Menschen beklagen uns oft, fing ich an, daß der guten Tage so wenig sind und der schlimmen so viel, und wie mich dünkt, meist mit Unrecht. Wenn wir immer ein offenes Herz hätten, das Gute zu genießen, das uns Gott für jeden Tag bereitet, wir würden alsdann auch Kraft genug haben, das Übel zu tragen, wenn es kommt. – Wir haben aber unser Gemüt nicht in unserer Gewalt, versetzte die Pfarrerin; wie viel hängt vom Körper ab! wenn einem nicht wohl ist, ists einem überall nicht recht. – Ich gestand ihr das ein. – Wir wollen es also, fuhr ich fort, als eine Krankheit ansehen und fragen, ob dafür kein Mittel ist? – Das läßt sich hören, sagte Lotte: ich glaube wenigstens, daß viel von uns abhängt. Ich weiß es an mir. Wenn mich etwas neckt und mich verdrießlich machen will, spring ich auf und sing ein paar Contretänze den Garten auf und ab, gleich ists weg. – Das wars, was ich sagen wollte, versetzte ich: es ist mit der üblen Laune völlig wie mit der Trägheit, denn es ist eine Art von Trägheit. Unsere Natur hängt sehr dahin, und doch, wenn wir nur einmal die Kraft haben, uns zu ermannen, geht uns die Arbeit frisch von der Hand, und wir finden in der Tätigkeit ein wahres Vergnügen. – Friederike war sehr aufmerksam, und der junge Mensch wandte mir ein, daß man nicht Herr über sich selbst sei und am wenigsten über seine Empfindungen gebieten könne. – Es ist hier die Frage von einer unangenehmen Empfindung, versetzte ich, die doch jedermann gerne los ist; und niemand weiß, wie weit seine Kräfte gehen, bis er sie versucht hat. Gewiß, wer krank ist, wird bei allen Ärzten herumfragen, und die größten Resignationen, die bittersten Arzeneien wird er nicht abweisen, um seine gewünschte Gesundheit zu erhalten. – Ich bemerkte, daß der ehrliche Alte sein Gehör anstrengte, um an unserm Diskurse teilzunehmen, ich erhob die Stimme, indem ich die Rede gegen ihn wandte. Man predigt gegen so viele Laster, sagte ich; ich habe noch nie gehört, daß man gegen die üble Laune vom Predigtstuhle gearbeitet hätte*. – Das müssen die Stadtpfarrer tun, sagte er, die Bauern haben keinen bösen Humor; doch könnte es auch zuweilen nicht schaden, es wäre eine Lektion für seine Frau wenigstens und für den Herrn Amtmann. – Die Gesellschaft lachte, und er herzlich mit, bis er in einen Husten verfiel, der unsern Diskurs eine Zeitlang unterbrach; darauf denn der junge Mensch wieder das Wort nahm: Sie nannten den bösen Humor ein Laster; mich deucht, das ist übertrieben. – Mitnichten, gab ich zur Antwort, wenn das, womit man sich selbst und seinem Nächsten schadet, diesen Namen verdient. Ist es nicht genug, daß wir einander nicht glücklich machen können, müssen wir auch noch einander das Vergnügen rauben, das jedes Herz sich noch manchmal selbst gewähren kann? Und nennen Sie mir den Menschen, der übler Laune ist und so brav dabei, sie zu verbergen, sie allein zu tragen, ohne die Freude um sich her zu zerstören! Oder ist sie nicht vielmehr ein innerer Unmut über unsere eigene Unwürdigkeit, ein Mißfallen an uns selbst, das immer mit einem Neide verknüpft ist, der durch eine törichte Eitelkeit aufgehetzt wird? Wir sehen glückliche Menschen, die *wir* nicht glücklich machen, und das ist unerträglich. – Lotte lächelte mich an, da sie die Bewegung sah, mit

* Wir haben nun von Lavatern eine treffliche Predigt hierüber, unter denen über das Buch Jonas.

der ich redete, und eine Träne in Friederikens Auge spornte mich fortzufahren. – Wehe denen, sagte ich, die sich der Gewalt bedienen, die sie über ein Herz haben, um ihm die einfachen Freuden zu rauben, die aus ihm selbst hervorkeimen. Alle Geschenke, alle Gefälligkeiten der Welt ersetzen nicht einen Augenblick Vergnügen an sich selbst, den uns eine neidische Unbehaglichkeit unsers Tyrannen vergällt hat.
Mein ganzes Herz war voll in diesem Augenblicke; die Erinnerung so manches Vergangenen drängte sich an meine Seele, und die Tränen kamen mir in die Augen.
Wer sich das nur täglich sagte, rief ich aus: du vermagst nichts auf deine Freunde, als ihnen ihre Freuden zu lassen und ihr Glück zu vermehren, indem du es mit ihnen genießest. Vermagst du, wenn ihre innere Seele von einer ängstigenden Leidenschaft gequält, vom Kummer zerrüttet ist, ihnen einen Tropfen Linderung zu geben?
Und wenn die letzte, bangste Krankheit dann über das Geschöpf herfällt, das du in blühenden Tagen untergraben hast, und sie nun daliegt in dem erbärmlichen Ermatten, das Auge gefühllos gen Himmel sieht, der Todesschweiß auf der blassen Stirne abwechselt, und du vor dem Bette stehst wie ein Verdammter, in dem innigsten Gefühl, daß du nichts vermagst mit deinem ganzen Vermögen, und die Angst dich inwendig krampft, daß du alles hingeben möchtest, dem untergehenden Geschöpfe einen Tropfen Stärkung, einen Funken Mut einflößen zu können.
Die Erinnerung einer solchen Szene, wobei ich gegenwärtig war, fiel mit ganzer Gewalt bei diesen Worten über mich. Ich nahm das Schnupftuch vor die Augen und verließ die Gesellschaft, und nur Lottens Stimme,

die mir rief, wir wollten fort, brachte mich zu mir selbst. Und wie sie mich auf dem Wege schalt, über den zu warmen Anteil an allem, und daß ich drüber zugrunde gehen würde! daß ich mich schonen sollte! – O der Engel! Um deinetwillen muß ich leben!

Am 6. Julius.

Sie ist immer um ihre sterbende Freundin und ist immer dieselbe, immer das gegenwärtige, holde Geschöpf, das, wo sie hinsieht, Schmerzen lindert und Glückliche macht. Sie ging gestern abend mit Mariannen und dem kleinen Malchen spazieren; ich wußte es und traf sie an, und wir gingen zusammen. Nach einem Wege von anderthalb Stunden kamen wir gegen die Stadt zurück, an den Brunnen, der mir so wert und nun tausendmal werter ist. Lotte setzte sich aufs Mäuerchen, wir standen vor ihr. Ich sah umher, ach! und die Zeit, da mein Herz so allein war, lebte wieder vor mir auf. – Lieber Brunnen, sagte ich, seither hab ich nicht mehr an deiner Kühle geruht, hab in eilendem Vorübergehen dich manchmal nicht angesehn. – Ich blickte hinab und sah, daß Malchen mit einem Glase Wasser sehr beschäftigt heraufstieg. – Ich sah Lotten an und fühlte alles, was ich an ihr habe. Indem kommt Malchen mit einem Glase. Marianne wollt es ihr abnehmen – Nein! rief das Kind mit dem süßesten Ausdrucke, nein, Lottchen, *du* sollst zuerst trinken! – Ich ward über die Wahrheit, über die Güte, womit sie das ausrief, so entzückt, daß ich meine Empfindung mit nichts ausdrücken konnte, als ich nahm das Kind von der Erde und küßte es lebhaft, das sogleich zu schreien und zu weinen anfing. – Sie haben übel getan, sagte Lotte. – Ich war betroffen. – Komm, Malchen, fuhr sie fort, indem sie es bei der Hand nahm und die

D Chodowiecki f. 1787

Stufen hinabführte, da wasche dich aus der frischen Quelle, geschwind, geschwind, da tuts nichts. – Wie ich so dastand und zusah, mit welcher Emsigkeit das Kleine mit seinen nassen Händchen die Backen rieb, mit welchem Glauben, daß durch die Wunderquelle alle Verunreinigung abgespült und die Schmach abgetan würde, einen häßlichen Bart zu kriegen; wie Lotte sagte: es ist genug, und das Kind doch immer eifrig fortwuch, als wenn viel mehr täte als wenig – ich sage dir, Wilhelm, ich habe mit mehr Respekt nie einer Taufhandlung beigewohnt, und als Lotte heraufkam, hätte ich mich gern vor ihr niedergeworfen wie vor einem Propheten, der die Schulden einer Nation weggeweiht hat.

Des Abends konnte ich nicht umhin, in der Freude meines Herzens den Vorfall einem Manne zu erzählen, dem ich Menschensinn zutraute, weil er Verstand hat; aber wie kam ich an! Er sagte, das sei sehr übel von Lotten gewesen; man solle den Kindern nichts weismachen; dergleichen gebe zu unzähligen Irrtümern und Aberglauben Anlaß, wovor man die Kinder frühzeitig bewahren müsse. – Nun fiel mir ein, daß der Mann vor acht Tagen hatte taufen lassen, drum ließ ichs vorbeigehen und blieb in meinem Herzen der Wahrheit getreu: wir sollen es mit den Kindern machen, wie Gott mit uns, der uns am glücklichsten macht, wenn er uns in freundlichem Wahne so hintaumeln läßt.

Am 8. Julius.

Was man ein Kind ist! Was man nach so einem Blicke geizt! Was man ein Kind ist! – Wir waren nach Wahlheim gegangen. Die Frauenzimmer fuhren hinaus, und während unserer Spaziergänge glaubte ich in

Lottens schwarzen Augen – ich bin ein Tor, verzeih mirs! du solltest sie sehen, diese Augen! – Daß ich kurz bin (denn die Augen fallen mir zu vor Schlaf), siehe, die Frauenzimmer stiegen ein, da standen um die Kutsche der jungen W.., Selstadt und Audran und ich. Da ward aus dem Schlage geplaudert mit den Kerlchen, die freilich leicht und lüftig genug waren. – Ich suchte Lottens Augen; ach sie gingen von einem zum andern! Aber auf mich! mich! mich! der ganz allein auf sie resigniert dastand, fielen sie nicht! – Mein Herz sagte ihr tausend Adieu! Und sie sah mich nicht! Die Kutsche fuhr vorbei, und eine Träne stand mir im Auge. Ich sah ihr nach und sah Lottens Kopfputz sich zum Schlage herauslehnen, und sie wandte sich um zu sehen, ach! nach mir? – Lieber! In dieser Ungewißheit schwebe ich; das ist mein Trost: vielleicht hat sie sich nach mir umgesehen! Vielleicht! – Gute Nacht! O was ich ein Kind bin!

Am 10. Julius.

Die alberne Figur, die ich mache, wenn in Gesellschaft von ihr gesprochen wird, solltest du sehen! Wenn man mich nun gar fragt, wie sie mir gefällt – Gefällt! das Wort hasse ich auf den Tod. Was muß das für ein Mensch sein, dem Lotte gefällt, dem sie nicht alle Sinnen, alle Empfindungen ausfüllt! Gefällt! Neulich fragte mich einer, wie mir Ossian gefiele!

Am 11. Julius.

Frau M.. ist sehr schlecht; ich bete für ihr Leben, weil ich mit Lotten dulde. Ich sehe sie selten bei meiner Freundin, und heute hat sie mir einen wunderbaren Vorfall erzählt. – Der alte M.. ist ein geiziger, rangiger Filz, der seine Frau im Leben was rechts geplagt und eingeschränkt hat; doch hat sich die Frau immer durchzuhelfen gewußt. Vor wenigen Tagen, als der Arzt ihr das Leben abgesprochen hatte, ließ sie ihren Mann kommen – Lotte war im Zimmer – und redete ihn also an: Ich muß dir eine Sache gestehen, die nach meinem Tode Verwirrung und Verdruß machen könnte. Ich habe bisher die Haushaltung geführt, so ordentlich und sparsam als möglich: allein du wirst mir verzeihen, daß ich dich diese dreißig Jahre her hintergangen habe. Du bestimmtest im Anfange unsere Heirat ein geringes für die Bestreitung der Küche und anderer häuslichen Ausgaben. Als unsere Haushaltung stärker wurde, unser Gewerbe größer, warst du nicht zu bewegen, mein Wochengeld nach dem Verhältnisse zu vermehren; kurz, du weißt, daß du in den Zeiten, da sie am größten war, verlangtest, ich solle mit sieben Gulden die Woche auskommen. Die habe ich denn ohne Widerrede genommen und mir den Überschuß wöchentlich aus der Losung geholt, da niemand vermutete, daß die Frau die Kasse bestehlen würde. Ich habe nichts verschwendet und wäre auch, ohne es zu bekennen, getrost der Ewigkeit entgegengegangen, wenn nicht diejenige, die nach mir das Hauswesen zu führen hat, sich nicht zu helfen wissen würde und du doch immer darauf bestehen könntest, deine erste Frau sei damit ausgekommen.

Ich redete mit Lotten über die unglaubliche Verblendung des Menschensinns, daß einer nicht argwohnen soll, dahinter müsse was anders stecken, wenn eins mit sieben Gulden hinreicht, wo man den Aufwand vielleicht um zweimal so viel sieht. Aber ich habe selbst Leute gekannt, die des Propheten ewiges Ölkrüglein ohne Verwunderung in ihrem Hause angenommen hätten.

Am 13. Julius.

Nein, ich betrüge mich nicht! Ich lese in ihren schwarzen Augen wahre Teilnehmung an mir und meinem Schicksal! Ja ich fühle, und darin darf ich meinem Herzen trauen, daß sie – o darf ich, kann ich den Himmel in diesen Worten aussprechen? – daß sie mich liebt!

Mich liebt! – Und wie wert ich mir selbst werde, wie ich – dir darf ichs wohl sagen, du hast Sinn für so etwas – wie ich mich selbst anbete, seitdem sie mich liebt!

Ob das Vermessenheit ist oder Gefühl des wahren Verhältnisses? – Ich kenne den Menschen nicht, von dem ich etwas in Lottens Herzen fürchtete. Und doch – wenn sie von ihrem Bräutigam spricht, mit solcher Wärme, solcher Liebe von ihm spricht – da ist mirs wie einem, der aller seiner Ehren und Würden entsetzt und dem der Degen genommen wird.

Am 16. Julius.

Ach wie mir das durch alle Adern läuft, wenn mein Finger unversehens den ihrigen berührt, wenn unsere Füße sich unter dem Tische begegnen! Ich ziehe zurück wie vom Feuer, und eine geheime Kraft zieht mich wieder vorwärts – mir wirds so schwindlig vor allen Sinnen. – O! und ihre Unschuld, ihre unbefangne Seele fühlt nicht, wie sehr mich die kleinen Vertraulichkeiten peinigen. Wenn sie gar im Gespräch ihre Hand auf die meinige legt und im Interesse der Unterredung näher zu mir rückt, daß der himmlische Atem ihres Mundes meine Lippen erreichen kann – ich glaube zu versinken, wie vom Wetter gerührt. – Und, Wilhelm! wenn ich mich jemals unterstehe, diesen Himmel, dieses Vertrauen –! Du verstehst mich. Nein,

mein Herz ist so verderbt nicht! Schwach! schwach genug! – Und ist das nicht Verderben? –
Sie ist mir heilig. Alle Begier schweigt in ihrer Gegenwart. Ich weiß nie, wie mir ist, wenn ich bei ihr bin; es ist, als wenn die Seele sich mir in allen Nerven umkehrte. – Sie hat eine Melodie, die sie auf dem Klaviere spielet mit der Kraft eines Engels, so simpel und so geistvoll! Es ist ihr Leiblied, und mich stellt es von aller Pein, Verwirrung und Grillen her, wenn sie nur die erste Note davon greift.
Kein Wort von der alten Zauberkraft der Musik ist mir unwahrscheinlich. Wie mich der einfache Gesang angreift! Und wie sie ihn anzubringen weiß, oft zur Zeit, wo ich mir eine Kugel vor den Kopf schießen möchte! Die Irrung und Finsternis meiner Seele zerstreut sich, und ich atme wieder freier.

Am 18. Julius.

Wilhelm, was ist unserem Herzen die Welt ohne Liebe! Was eine Zauberlaterne ist ohne Licht! Kaum bringst du das Lämpchen hinein, so scheinen dir die buntesten Bilder an deine weiße Wand! Und wenns nichts wäre als das, als vorübergehende Phantome, so machts doch immer unser Glück, wenn wir wie frische Jungen davorstehen und uns über die Wundererscheinungen entzücken.
Heute konnte ich nicht zu Lotten, eine unvermeidliche Gesellschaft hielt mich ab. Was war zu tun? Ich schickte meinen Diener hinaus, nur um einen Menschen um mich zu haben, der ihr heute nahe gekommen wäre. Mit welcher Ungeduld ich ihn erwartete, mit welcher Freude ich ihn wiedersah! Ich hätte ihn gern beim Kopfe genommen und geküßt, wenn ich mich nicht geschämt hätte.

Man erzählt von dem Bononischen Steine, daß er, wenn man ihn in die Sonne legt, ihre Strahlen anzieht und eine Weile bei Nacht leuchtet. So war mirs mit dem Burschen. Das Gefühl, daß ihre Augen auf seinem Gesichte, seinen Backen, seinen Rockknöpfen und dem Kragen am Surtout geruht hatten, machte mir das alles so heilig, so wert! Ich hätte in dem Augenblick den Jungen nicht um tausend Taler gegeben. Es war mir so wohl in seiner Gegenwart. – Bewahre dich Gott, daß du darüber lachest. Wilhelm, sind das Phantome, wenn es uns wohl ist?

Den 19. Julius.

Ich werde sie sehen! ruf ich morgens aus, wenn ich mich ermuntere und mit aller Heiterkeit der schönen Sonne entgegenblicke; ich werde sie sehen! Und da habe ich für den ganzen Tag keinen Wunsch weiter. Alles, alles verschlingt sich in dieser Aussicht.

Den 20. Julius.

Eure Idee will noch nicht die meinige werden, daß ich mit dem Gesandten nach *** gehen soll. Ich liebe die Subordination nicht sehr, und wir wissen alle, daß der Mann noch dazu ein widriger Mensch ist. Meine Mutter möchte mich gern in Aktivität haben, sagst du; das hat mich zu lachen gemacht. Bin ich jetzt nicht auch aktiv? und ists im Grunde nicht einerlei: ob ich Erbsen zähle oder Linsen? Alles in der Welt läuft doch auf eine Lumperei hinaus, und ein Mensch, der um anderer willen, ohne daß es seine eigene Leidenschaft, sein eigenes Bedürfnis ist, sich um Geld oder Ehre oder sonst was abarbeitet, ist immer ein Tor.

Am 24. Julius.

Da dir so sehr daran gelegen ist, daß ich mein Zeichnen nicht vernachlässige, möchte ich lieber die ganze Sache übergehen als dir sagen, daß zeither wenig getan wird.

Noch nie war ich glücklicher, noch nie war meine Empfindung an der Natur, bis aufs Steinchen, aufs Gräschen herunter, voller und inniger, und doch – Ich weiß nicht, wie ich mich ausdrücken soll, meine vorstellende Kraft ist so schwach, alles schwimmt und schwankt so vor meiner Seele, daß ich keinen Umriß packen kann; aber ich bilde mir ein, wenn ich Ton hätte oder Wachs, so wollte ichs wohl herausbilden. Ich werde auch Ton nehmen, wenns länger währt, und kneten, und solltens Kuchen werden!

Lottens Porträt habe ich dreimal angefangen und habe mich dreimal prostituiert; das mich um so mehr verdrießt, weil ich vor einiger Zeit sehr glücklich im Treffen war. Darauf habe ich denn ihren Schattenriß gemacht, und damit soll mir gnügen.

Am 26. Julius.

Ja, liebe Lotte, ich will alles besorgen und bestellen; geben Sie mir nur mehr Aufträge, nur recht oft. Um eins bitte ich Sie: keinen Sand mehr auf die Zettelchen, die Sie mir schreiben. Heute führte ich es schnell nach der Lippe, und die Zähne knisterten mir.

Am 26. Julius.

Ich habe mir schon manchmal vorgenommen, sie nicht so oft zu sehen. Ja wer das halten könnte! Alle Tage unterlieg ich der Versuchung und verspreche mir heilig: morgen willst du einmal wegbleiben, und wenn der Morgen kommt, finde ich doch wieder eine unwiderstehliche Ursache, und ehe ich michs versehe, bin ich bei ihr. Entweder sie hat des Abends gesagt: Sie kommen doch morgen? – Wer könnte da wegbleiben? Oder sie gibt mir einen Auftrag, und ich finde schicklich, ihr selbst die Antwort zu bringen; oder der Tag ist gar zu schön, ich gehe nach Wahlheim, und wenn ich nun da bin, ists nur noch eine halbe Stunde zu ihr! – Ich bin zu nah in der Atmosphäre – Zuck! so bin ich dort. Meine Großmutter hatte ein Märchen vom Magnetenberg: die Schiffe, die zu nahe kamen, wurden auf einmal alles Eisenwerks beraubt, die Nägel flogen dem Berge zu, und die armen Elenden scheiterten zwischen den übereinanderstürzenden Brettern.

Am 30. Julius.

Albert ist angekommen, und ich werde gehen; und wenn er der beste, der edelste Mensch wäre, unter den ich mich in jeder Betrachtung zu stellen bereit wäre, so wärs unerträglich, ihn vor meinem Angesicht im Besitz so vieler Vollkommenheiten zu sehen. – Besitz! – Genug, Wilhelm, der Bräutigam ist da! Ein braver, lieber Mann, dem man gut sein muß. Glücklicherweise war ich nicht beim Empfange! Das hätte mir das Herz zerrissen. Auch ist er so ehrlich und hat Lotten in meiner Gegenwart noch nicht ein einzig Mal geküßt. Das lohn ihm Gott! Um des Respekts willen, den er vor dem Mädchen hat, muß ich ihn lieben. Er will mir wohl, und ich vermute, das ist Lottens Werk mehr, als seiner eigenen Empfindung: denn darin sind die Weiber fein und haben recht: wenn sie zwei Verehrer in gutem Vernehmen mit einander erhalten können, ist der Vorteil immer ihr, so selten es auch angeht.

Indes kann ich Alberten meine Achtung nicht versagen. Seine gelassene Außenseite sticht gegen die Unruhe meines Charakters sehr lebhaft ab, die sich nicht verbergen läßt. Er hat viel Gefühl und weiß, was er an Lotten hat. Er scheint wenig üble Laune zu haben und du weißt, das ist die Sünde, die ich ärger hasse an Menschen als alle andere.
Er hält mich für einen Menschen von Sinn; und meine Anhänglichkeit an Lotten, meine warme Freude, die ich an allen ihren Handlungen habe, vermehrt seinen Triumph, und er liebt sie nur desto mehr. Ob er sie nicht manchmal mit kleiner Eifersüchtelei peinigt, das lasse ich dahingestellt sein, wenigstens würd ich an seinem Platze nicht ganz sicher vor diesem Teufel bleiben.
Dem sei nun wie ihm wolle! Meine Freude, bei Lotten zu sein, ist hin. Soll ich das Torheit nennen oder Verblendung? – Was brauchts Namen! erzählt die Sache an sich! – Ich wußte alles, was ich jetzt weiß, ehe Albert kam; ich wußte, daß ich keine Prätention auf sie zu machen hatte, machte auch keine – das heißt, insofern es möglich ist, bei so viel Liebenswürdigkeit nicht zu begehren. – Und jetzt macht der Fratze große Augen, da der andere nun wirklich kommt und ihm das Mädchen wegnimmt.
Ich beiße die Zähne aufeinander und spotte über mein Elend und spottete derer doppelt und dreifach, die sagen könnten, ich sollte mich resignieren, und weil es nun einmal nicht anders sein könnte – Schafft mir diese Strohmänner vom Halse! – Ich laufe in den Wäldern herum, und wenn ich zu Lotten komme und Albert bei ihr sitzt im Gärtchen unter der Laube und ich nicht weiter kann, so bin ich ausgelassen närrisch und fange viel Possen, viel verwirrtes Zeug an. – Um

Gottes willen, sagte mir Lotte heut, ich bitte Sie, keine Szene wie die von gestern abend! Sie sind fürchterlich, wenn Sie so lustig sind. – Unter uns, ich passe die Zeit ab, wenn er zu tun hat; wutsch! bin ich drauß, und da ist mirs immer wohl, wenn ich sie allein finde.

Am 8. August.

Ich bitte dich, lieber Wilhelm, es war gewiß nicht auf dich geredt, wenn ich die Menschen unerträglich schalt, die von uns Ergebung in unvermeidliche Schicksale fordern. Ich dachte wahrlich nicht daran, daß du von ähnlicher Meinung sein könntest. Und im Grunde hast du recht. Nur eins, mein Bester: in der Welt ist es sehr selten mit dem *Entweder-Oder* getan, die Empfindungen und Handlungsweisen schattieren sich so mannigfaltig, als Abfälle zwischen einer Habichts- und Stumpfnase sind.

Du wirst mir also nicht übelnehmen, wenn ich dir dein ganzes Argument einräume und mich doch zwischen dem *Entweder-Oder* durchzustehlen suche.

Entweder, sagst du, hast du Hoffnung auf Lotten, oder du hast keine. Gut, im ersten Fall suche sie durchzutreiben, suche die Erfüllung deiner Wünsche zu umfassen: im anderen Falle ermanne dich und suche einer elenden Empfindung loszuwerden, die alle deine Kräfte verzehren muß. – Bester! das ist wohl gesagt und – bald gesagt.

Und kannst du von dem Unglücklichen, dessen Leben unter einer schleichenden Krankheit unaufhaltsam allmählich abstirbt, kannst du von ihm verlangen, er solle durch einen Dolchstoß der Qual auf einmal ein Ende machen? Und raubt das Übel, das ihm die Kräfte verzehrt, ihm nicht auch zugleich den Mut, sich davon zu befreien?

Zwar könntest du mir mit einem verwandten Gleichnisse antworten: Wer ließe sich nicht lieber den Arm abnehmen, als daß er durch Zaudern und Zagen sein Leben aufs Spiel setzte? – Ich weiß nicht! – und wir wollen uns nicht in Gleichnissen herumbeißen. Genug – Ja, Wilhelm, ich habe manchmal so einen Augenblick aufspringenden, abschüttelnden Mutes, und da – wenn ich nur wüßte wohin? ich ginge wohl.

Abends.

Mein Tagebuch, das ich seit einiger Zeit vernachlässiget, fiel mir heut wieder in die Hände, und ich bin erstaunt, wie ich so wissentlich in das alles, Schritt vor Schritt, hineingegangen bin! Wie ich über meinen Zustand immer so klar gesehen und doch gehandelt habe wie ein Kind, jetzt noch so klar sehe, und es noch keinen Anschein zur Besserung hat.

Am 10. August.

Ich könnte das beste, glücklichste Leben führen, wenn ich nicht ein Tor wäre. So schöne Umstände vereinigen sich nicht leicht, eines Menschen Seele zu ergötzen, als die sind, in denen ich mich jetzt befinde. Ach so gewiß ists, daß unser Herz allein sein Glück macht. – Ein Glied der liebenswürdigen Familie zu sein, von dem Alten geliebt zu werden wie ein Sohn, von den Kleinen wie ein Vater, und von Lotten! – dann der ehrliche Albert, der durch keine launische Unart mein Glück stört; der mich mit herzlicher Freundschaft umfaßt; dem ich nach Lotten das Liebste auf der Welt bin – Wilhelm, es ist eine Freude, uns zu hören, wenn wir spazierengehen und uns einander von Lotten unterhalten: es ist in der Welt nichts Lächerlichers erfunden worden als dieses Verhältnis, und doch kommen mir oft darüber die Tränen in die Augen.

Wenn er mir von ihrer rechtschaffenen Mutter erzählt: wie sie auf ihrem Todbette Lotten ihr Haus und ihre Kinder übergeben und ihm Lotten anbefohlen habe, wie seit der Zeit ein ganz anderer Geist Lotten belebt habe, wie sie, in der Sorge für ihre Wirtschaft und in dem Ernste, eine wahre Mutter geworden, wie kein Augenblick ihrer Zeit ohne tätige Liebe, ohne Arbeit verstrichen, und dennoch ihre Munterkeit, ihr leichter Sinn sie nie dabei verlassen habe. – Ich gehe so neben ihm hin und pflücke Blumen am Wege, füge sie sehr sorgfältig in einen Strauß und – werfe sie in den vorüberfließenden Strom und sehe ihnen nach, wie sie leise hinunterwallen. – Ich weiß nicht, ob ich dir geschrieben habe, daß Albert hierbleiben und ein Amt mit einem artigen Auskommen vom Hofe erhalten wird, wo er sehr beliebt ist. In Ordnung und Emsigkeit in Geschäften habe ich wenig seinesgleichen gesehen.

Am 12. August.

Gewiß, Albert ist der beste Mensch unter dem Himmel. Ich habe gestern eine wunderbare Szene mit ihm gehabt. Ich kam zu ihm, um Abschied von ihm zu nehmen; denn mich wandelte die Lust an, ins Gebirge zu reiten, von woher ich dir auch jetzt schreibe, und wie ich in der Stube auf und ab gehe, fallen mir seine Pistolen in die Augen. – Borge mir die Pistolen, sagte ich, zu meiner Reise. – Meinetwegen, sagte er, wenn du dir die Mühe nehmen willst, sie zu laden; bei mir hängen sie nur pro forma. – Ich nahm eine herunter, und er fuhr fort: Seit mir meine Vorsicht einen so unartigen Streich gespielt hat, mag ich mit dem Zeuge nichts mehr zu tun haben. – Ich war neugierig, die

Geschichte zu wissen. – Ich hielt mich, erzählte er, wohl ein Vierteljahr auf dem Lande bei einem Freunde auf, hatte ein paar Terzerolen ungeladen und schlief ruhig. Einmal an einem regnichten Nachmittage, da ich müßig sitze, weiß ich nicht, wie mir einfällt: wir könnten überfallen werden, wir könnten die Terzerolen nötig haben und könnten – du weißt ja, wie das ist. – Ich gab sie dem Bedienten, sie zu putzen und zu laden; und der dahlt mit den Mädchen, will sie erschrecken, und Gott weiß wie, das Gewehr geht los, da der Ladstock noch drinsteckt, und schießt den Ladstock einem Mädchen zur Maus herein an der rechten Hand und zerschlägt ihr den Daumen. Da hatte ich das Lamentieren und die Kur zu bezahlen obendrein, und seit der Zeit laß ich alles Gewehr ungeladen. Lieber Schatz, was ist Vorsicht? Die Gefahr läßt sich nicht auslernen! Zwar – Nun weißt du, daß ich den Menschen sehr liebhabe bis auf seine *Zwar;* denn versteht sichs nicht von selbst, daß jeder allgemeine Satz Ausnahmen leidet? Aber so rechtfertig ist der Mensch! wenn er glaubt, etwas Übereiltes, Allgemeines, Halbwahres gesagt zu haben, so hört er dir nicht auf, zu limitieren, zu modifizieren und ab- und zuzutun, bis zuletzt gar nichts mehr an der Sache ist. Und bei diesem Anlaß kam er sehr tief in Text: ich hörte endlich gar nicht weiter auf ihn, verfiel in Grillen, und mit einer auffahrenden Gebärde drückte ich mir die Mündung der Pistole übers rechte Auge an die Stirn. – Pfui! sagte Albert, indem er mir die Pistole herabzog, was soll das? – Sie ist nicht geladen, sagte ich. – Und auch so, was solls? versetzte er ungeduldig. Ich kann mir nicht vorstellen, wie ein Mensch so töricht sein kann, sich zu erschießen; der bloße Gedanke erregt mir Widerwillen.

Daß ihr Menschen, rief ich aus, um von einer Sache zu reden, gleich sprechen müßt: das ist töricht, das ist klug, das ist gut, das ist bös! Und was will das alles heißen? Habt ihr deswegen die inneren Verhältnisse einer Handlung erforscht? wißt ihr mit Bestimmtheit die Ursachen zu entwickeln, warum sie geschah, warum sie geschehen mußte? Hättet ihr das, ihr würdet nicht so eilfertig mit euren Urteilen sein.
Du wirst mir zugeben, sagte Albert, daß gewisse Handlungen lasterhaft bleiben, sie mögen geschehen, aus welchem Beweggrunde sie wollen.
Ich zuckte die Achseln und gabs ihm zu. – Doch, mein Lieber, fuhr ich fort, finden sich auch hier einige Ausnahmen. Es ist wahr, der Diebstahl ist ein Laster; aber der Mensch, der, um sich und die Seinigen vom gegenwärtigen Hungertode zu erretten, auf Raub ausgeht, verdient der Mitleiden oder Strafe? Wer hebt den ersten Stein auf gegen den Ehemann, der im gerechten Zorne sein untreues Weib und ihren nichtswürdigen Verführer aufopfert? gegen das Mädchen, das in einer wonnevollen Stunde sich in den unaufhaltsamen Freuden der Liebe verliert? Unsere Gesetze selbst, diese kaltblütigen Pedanten, lassen sich rühren und halten ihre Strafe zurück.
Das ist ganz was anders, versetzte Albert, weil ein Mensch, den seine Leidenschaften hinreißen, alle Besinnungskraft verliert und als ein Trunkener, als ein Wahnsinniger angesehen wird.
Ach ihr vernünftigen Leute! rief ich lächelnd aus. Leidenschaft! Trunkenheit! Wahnsinn! Ihr steht so gelassen, so ohne Teilnehmung da, ihr sittlichen Menschen! scheltet den Trinker, verabscheut den Unsinnigen, geht vorbei wie der Priester und dankt Gott wie der Pharisäer, daß er euch nicht gemacht hat wie

einen von diesen. Ich bin mehr als einmal trunken gewesen, meine Leidenschaften waren nie weit vom Wahnsinn, und beides reut mich nicht: denn ich habe in meinem Maße begreifen lernen, wie man alle außerordentlichen Menschen, die etwas Großes, etwas Unmöglichscheinendes wirkten, von jeher für Trunkene und Wahnsinnige ausschreien mußte.

Aber auch im gemeinen Leben ists unerträglich, fast einem jeden bei halbweg einer freien, edlen, unerwarteten Tat nachrufen zu hören: der Mensch ist trunken. der ist närrisch! Schämt euch, ihr Nüchternen! Schämt euch, ihr Weisen!

Das sind nun wieder von deinen Grillen, sagte Albert, du überspannst alles und hast wenigstens hier gewiß unrecht, daß du den Selbstmord, wovon jetzt die Rede ist, mit großen Handlungen vergleichst: da man es doch für nichts anders als eine Schwäche halten kann. Denn freilich ist es leichter zu sterben, als ein qualvolles Leben standhaft zu ertragen.

Ich war im Begriff abzubrechen; denn kein Argument bringt mich so aus der Fassung, als wenn einer mit einem unbedeutenden Gemeinspruche angezogen kommt, wenn ich aus ganzem Herzen rede. Doch faßte ich mich, weil ichs schon oft gehört und mich öfter darüber geärgert hatte, und versetzte ihm mit einiger Lebhaftigkeit: Du nennst das Schwäche? Ich bitte dich, laß dich vom Anscheine nicht verführen. Ein Volk, das unter dem unerträglichen Joch eines Tyrannen seufzt, darfst du das schwach heißen, wenn es endlich aufgärt und seine Ketten zerreißt? Ein Mensch, der über dem Schrecken, daß Feuer sein Haus ergriffen hat, alle Kräfte gespannt fühlt und mit Leichtigkeit Lasten wegträgt, die er bei ruhigem Sinne kaum bewegen kann; einer, der in der Wut der Beleidigung es mit sechsen aufnimmt und sie überwältigt, sind die schwach zu nennen? Und, mein Guter, wenn Anstrengung Stärke ist, warum soll die Überspannung das Gegenteil sein? – Albert sah mich an und sagte: Nimm mirs nicht übel, die Beispiele, die du da gibst, scheinen hieher gar nicht zu gehören. – Es mag sein, sagte ich, man hat mir schon öfters vorgeworfen, daß meine Kombinationsart manchmal an Radotage grenze. Laßt uns denn sehen, ob wir uns auf eine andere Weise vorstellen können, wie dem Menschen zumute sein mag, der sich entschließt, die sonst angenehme Bürde des Lebens abzuwerfen. Denn nur insofern wir mitempfinden, haben wir Ehre, von einer Sache zu reden. Die menschliche Natur, fuhr ich fort, hat ihre Grenzen: sie kann Freude, Leid, Schmerzen bis auf einen gewissen Grad ertragen und geht zugrunde, sobald *der* überstiegen ist. Hier ist also nicht die Frage, ob einer schwach oder stark ist, sondern ob er das Maß seines Leidens ausdauern kann – es mag nun moralisch oder körperlich sein; und ich finde es ebenso wunderbar zu sagen: der Mensch ist feige, der sich das Leben nimmt, als es ungehörig wäre, den einen Feigen zu nennen, der an einem bösartigen Fieber stirbt. Paradox! sehr paradox! rief Albert aus. – Nicht so sehr als du denkst, versetzte ich. Du gibst mir zu: wir nennen das eine Krankheit zum Tode, wodurch die Natur so angegriffen wird, daß teils ihre Kräfte verzehrt, teils so außer Wirkung gesetzt werden, daß sie sich nicht wieder aufzuhelfen, durch keine glückliche Revolution den gewöhnlichen Umlauf des Lebens wiederherzustellen fähig ist.

Nun, mein Lieber, laß uns das auf den Geist anwenden. Sieh den Menschen an in seiner Eingeschränktheit, wie Eindrücke auf ihn wirken, Ideen sich bei ihm

festsetzen, bis endlich eine wachsende Leidenschaft ihn aller ruhigen Sinneskraft beraubt und ihn zugrunde richtet.
Vergebens, daß der gelassene, vernünftige Mensch den Zustand des Unglücklichen übersieht, vergebens, daß er ihm zuredet! Ebenso wie ein Gesunder, der am Bette des Kranken steht, ihm von seinen Kräften nicht das geringste einflößen kann.
Alberten war das zu allgemein gesprochen. Ich erinnerte ihn an ein Mädchen, das man vor weniger Zeit im Wasser tot gefunden, und wiederholte ihm ihre Geschichte. – Ein junges Geschöpf, das in dem engen Kreise häuslicher Beschäftigungen, wöchentlicher bestimmter Arbeit herangewachsen war, das weiter keine Aussicht von Vergnügen kannte, als etwa Sonntags in einem nach und nach zusammengeschafften Putz mit ihresgleichen um die Stadt spazierenzugehen, vielleicht alle hohen Feste einmal zu tanzen, und übrigens mit aller Lebhaftigkeit des herzlichsten Anteils manche Stunde über den Anlaß eines Gezänkes, einer übeln Nachrede mit einer Nachbarin zu verplaudern – deren feurige Natur fühlt nun endlich innigere Bedürfnisse, die durch die Schmeicheleien der Männer vermehrt werden; ihre vorigen Freuden werden ihr nach und nach unschmackhaft, bis sie endlich einen Menschen antrifft, zu dem ein unbekanntes Gefühl sie unwiderstehlich hinreißt, auf den sie nun alle ihre Hoffnungen wirft, die Welt rings um sich vergißt, nichts hört, nichts sieht, nichts fühlt als ihn, den Einzigen, sich nur sehnt nach ihm, dem Einzigen. Durch die leeren Vergnügungen einer unbeständigen Eitelkeit nicht verdorben, zieht ihr Verlangen gerade nach dem Zweck, sie will die Seinige werden, sie will in ewiger Verbindung all das Glück antreffen, das ihr

mangelt, die Vereinigung aller Freuden genießen, nach denen sie sich sehnt. Wiederholtes Versprechen, das ihr die Gewißheit aller Hoffnungen versiegelt, kühne Liebkosungen, die ihre Begierden vermehren, umfangen ganz ihre Seele; sie schwebt in einem dumpfen Bewußtsein, in einem Vorgefühl aller Freuden, sie ist bis auf den höchsten Grad gespannt, sie streckt endlich ihre Arme aus, all ihre Wünsche zu umfassen – und ihr Geliebter verläßt sie. – Erstarrt, ohne Sinne, steht sie vor einem Abgrunde; alles ist Finsternis um sie her, keine Aussicht, kein Trost, keine Ahnung! denn *der* hat sie verlassen, in dem sie allein ihr Dasein fühlte. Sie sieht nicht die weite Welt, die vor ihr liegt, nicht die Vielen, die ihr den Verlust ersetzen könnten, sie fühlt sich allein, verlassen von aller Welt – und blind, in die Enge gepreßt von der entsetzlichen Not ihres Herzens, stürzt sie sich hinunter, um in einem rings umfangenden Tode alle ihre Qualen zu ersticken. – Sieh, Albert, das ist die Geschichte so manches Menschen! und sag, ist das nicht der Fall der Krankheit? Die Natur findet keinen Ausweg aus dem Labyrinthe der verworrenen und widersprechenden Kräfte, und der Mensch muß sterben.
Wehe dem, der zusehen und sagen könnte: Die Törin! Hätte sie gewartet, hätte sie die Zeit wirken lassen, die Verzweiflung würde sich schon gelegt, es würde sich schon ein anderer sie zu trösten vorgefunden haben. – Das ist eben, als wenn einer sagte: Der Tor, stirbt am Fieber! Hätte er gewartet, bis seine Kräfte sich erholt, seine Säfte sich verbessert, der Tumult seines Blutes sich gelegt hätten: alles wäre gut gegangen, und er lebte bis auf den heutigen Tag!
Albert, dem die Vergleichung noch nicht anschaulich war, wandte noch einiges ein, und unter andern: ich

hätte nur von einem einfältigen Mädchen gesprochen; wie aber ein Mensch von Verstande, der nicht so eingeschränkt sei, der mehr Verhältnisse übersehe, zu entschuldigen sein möchte, könne er nicht begreifen. – Mein Freund, rief ich aus, der Mensch ist Mensch, und das bißchen Verstand, das einer haben mag, kommt wenig oder nicht in Anschlag, wenn Leidenschaft wütet und die Grenzen der Menschheit einen drängen. Vielmehr – Ein andermal davon, sagte ich und griff nach meinem Hute. O mir war das Herz so voll – Und wir gingen auseinander, ohne einander verstanden zu haben. Wie denn auf dieser Welt keiner leicht den andern versteht.

Am 15. August.

Es ist doch gewiß, daß in der Welt den Menschen nichts notwendig macht als die Liebe. Ich fühls an Lotten, daß sie mich ungerne verlöre, und die Kinder haben keinen andern Begriff, als daß ich immer morgen wiederkommen würde. Heute war ich hinausgegangen, Lottens Klavier zu stimmen, ich konnte aber nicht dazu kommen, denn die Kleinen verfolgten mich um ein Märchen, und Lotte sagte selbst, ich sollte ihnen den Willen tun. Ich schnitt ihnen das Abendbrot, das sie nun fast so gern von mir als von Lotten annehmen, und erzählte ihnen das Hauptstückchen von der Prinzessin, die von Händen bedient wird. Ich lerne viel dabei, das versichre ich dich, und ich bin erstaunt, was es auf sie für Eindrücke macht. Weil ich manchmal einen Inzidentpunkt erfinden muß, den ich beim zweiten Mal vergesse, sagen sie gleich, das vorige Mal wär es anders gewesen, so daß ich mich jetzt übe, sie unveränderlich in einem singenden Silbenfall an einem Schnürchen weg zu rezitieren. Ich habe daraus gelernt, wie ein Autor durch eine zweite veränderte Ausgabe seiner Geschichte, und wenn sie poetisch noch so besser geworden wäre, notwendig seinem Buche schaden muß. Der erste Eindruck findet uns willig, und der Mensch ist gemacht, daß man ihn das Abenteuerlichste überreden kann; das haftet aber auch gleich so fest, und wehe dem, der es wieder auskratzen und austilgen will!

Am 18. August.

Mußte denn das so sein, daß das, was des Menschen Glückseligkeit macht, wieder die Quelle seines Elendes würde?

Das volle, warme Gefühl meines Herzens an der lebendigen Natur, das mich mit so vieler Wonne überströmte, das ringsumher die Welt mir zu einem Paradiese schuf, wird mir jetzt zu einem unerträglichen Peiniger, zu einem quälenden Geist, der mich auf allen Wegen verfolgt. Wenn ich sonst vom Felsen über den Fluß bis zu jenen Hügeln das fruchtbare Tal überschaute und alles um mich her keimen und quellen sah; wenn ich jene Berge, vom Fuße bis zum Gipfel, mit hohen dichten Bäumen bekleidet, jene Täler in ihren mannigfaltigen Krümmungen von den lieblichsten Wäldern beschattet sah, und der sanfte Fluß zwischen den lispelnden Rohren dahingleitete und die lieben Wolken abspiegelte, die der sanfte Abendwind am Himmel herüberwiegte; wenn ich dann die Vögel um mich den Wald beleben hörte, und die Millionen Mückenschwärme im letzten roten Strahle der Sonne mutig tanzten und ihr letzter zuckender Blick den summenden Käfer aus seinem Grase befreite und das Schwirren und Weben um mich her mich auf den Boden aufmerksam machte und das Moos, das meinem

harten Felsen seine Nahrung abzwingt, und das Geniste, das den dürren Sandhügel hinunterwächst, mir das innere glühende, heilige Leben der Natur eröffnete: wie faßte ich das alles in mein warmes Herz, fühlte mich in der überfließenden Fülle wie vergöttert, und die herrlichen Gestalten der unendlichen Welt bewegten sich allbelebend in meiner Seele. Ungeheure Berge umgaben mich, Abgründe lagen vor mir, und Wetterbäche stürzten herunter, die Flüsse strömten unter mir, und Wald und Gebirg erklang; und ich sah sie wirken und schaffen ineinander in den Tiefen der Erde, alle die unergründlichen Kräfte; und nun über der Erde und unter dem Himmel wimmeln die Geschlechter der mannigfaltigen Geschöpfe. Alles, alles bevölkert mit tausendfachen Gestalten; und die Menschen dann sich in Häuslein zusammen sichern und sich annisten und herrschen in ihrem Sinne über die weite Welt! Armer Tor! der du alles so gering achtest, weil du so klein bist. – Vom unzugänglichen Gebirge über die Einöde, die kein Fuß betrat, bis ans Ende des unbekannten Ozeans weht der Geist des Ewigschaffenden und freut sich jedes Staubes, der ihn vernimmt und lebt. – Ach damals, wie oft habe ich mich mit Fittichen eines Kranichs, der über mich hinflog, zu dem Ufer des ungemessenen Meeres gesehnt, aus dem schäumenden Becher des Unendlichen jene schwellende Lebenswonne zu trinken und nur einen Augenblick, in der eingeschränkten Kraft meines Busens, einen Tropfen der Seligkeit des Wesens zu fühlen, das alles in sich und durch sich hervorbringt.
Bruder, nur die Erinnerung jener Stunden macht mir wohl. Selbst diese Anstrengung, jene unsäglichen Gefühle zurückzurufen, wieder auszusprechen, hebt meine Seele über sich selbst und läßt mich dann das

Bange des Zustandes doppelt empfinden, der mich jetzt umgibt.
Es hat sich vor meiner Seele wie ein Vorhang weggezogen, und der Schauplatz des unendlichen Lebens verwandelt sich vor mir in den Abgrund des ewig offenen Grabes. Kannst du sagen: *Das ist!* da alles vorübergeht? da alles mit der Wetterschnelle vorüberrollt, so selten die ganze Kraft seines Daseins ausdauert, ach! in den Strom fortgerissen, untergetaucht und an Felsen zerschmettert wird? Da ist kein Augenblick, der nicht dich verzehrte und die Deinigen um dich her, kein Augenblick, da du nicht ein Zerstörer bist, sein mußt; der harmloseste Spaziergang kostet tausend armen Würmchen das Leben, es zerrüttet Ein Fußtritt die mühseligen Gebäude der Ameisen und stampft eine kleine Welt in ein schmähliches Grab. Ha! nicht die große seltne Not der Welt, diese Fluten, die eure Dörfer wegspülen, diese Erdbeben, die eure Städte verschlingen, rühren mich; mir untergräbt das Herz die verzehrende Kraft, die in dem All der Natur verborgen liegt; die nichts gebildet hat, das nicht seinen Nachbar, nicht sich selbst zerstörte. Und so taumle ich beängstigt! Himmel und Erde und ihre webenden Kräfte um mich her: Ich sehe nichts, als ein ewig verschlingendes, ewig wiederkäuendes Ungeheuer.

Am 21. August.

Umsonst strecke ich meine Arme nach ihr aus, morgens, wenn ich von schweren Träumen aufdämmre, vergebens suche ich sie nachts in meinem Bette, wenn mich ein glücklicher unschuldiger Traum getäuscht hat, als säß ich neben ihr auf der Wiese und hielte ihre Hand und deckte sie mit tausend Küssen. Ach wenn ich dann noch halb im Taumel des Schlafes nach ihr tappe und drüber mich ermuntere – ein Strom von Tränen bricht aus meinem gepreßten Herzen, und ich weine trostlos einer finstern Zukunft entgegen.

Am 22. August.

Es ist ein Unglück, Wilhelm, meine tätigen Kräfte sind zu einer unruhigen Lässigkeit verstimmt, ich kann nicht müßig sein und kann doch auch nichts tun. Ich habe keine Vorstellungskraft, kein Gefühl an der Natur, und die Bücher ekeln mich an. Wenn wir uns selbst fehlen, fehlt uns doch alles. Ich schwöre dir, manchmal wünschte ich ein Tagelöhner zu sein, um nur des Morgens beim Erwachen eine Aussicht auf den künftigen Tag, einen Drang, eine Hoffnung zu haben. Oft beineide ich Alberten, den ich über die Ohren in Akten begraben sehe, und bilde mir ein, mir wäre wohl, wenn ich an seiner Stelle wäre! Schon etlichemal ist mirs so aufgefahren, ich wollte dir schreiben und dem Minister, um die Stelle bei der Gesandtschaft anzuhalten, die, wie du versicherst, mir nicht versagt werden würde. Ich glaube es selbst. Der Minister liebt mich seit langer Zeit, hatte lange mir angelegen, ich sollte mich irgendeinem Geschäfte widmen; und eine Stunde ist mirs auch wohl drum zu tun. Hernach, wenn ich wieder dran denke und mir die Fabel vom Pferde einfällt, das, seiner Freiheit ungeduldig, sich Sattel und Zeug auflegen läßt und zuschanden geritten wird, – ich weiß nicht, was ich soll – Und mein Lieber! ist nicht vielleicht das Sehnen in mir nach Veränderung des Zustandes eine innere unbehagliche Ungeduld, die mich überallhin verfolgen wird?

Am 28. August.

Es ist wahr, wenn meine Krankheit zu heilen wäre, so würden diese Menschen es tun. Heute ist mein Geburtstag, und in aller Frühe empfange ich ein Päckchen von Alberten. Mir fällt beim Eröffnen sogleich eine der blaßroten Schleifen in die Augen, die Lotte vorhatte, als ich sie kennen lernte, und um die ich seither etlichemal gebeten hatte. Es waren zwei Büchelchen in Duodez dabei, der kleine Wetsteinische Homer, eine Ausgabe, nach der ich so oft verlangt, um mich auf dem Spaziergange mit dem Ernestischen nicht zu schleppen. Sieh! so kommen sie meinen Wünschen zuvor, so suchen sie alle die kleinen Gefälligkeiten der Freundschaft auf, die tausendmal werter sind als jene blendenden Geschenke, wodurch uns die Eitelkeit des Gebers erniedrigt. Ich küsse diese Schleife tausendmal, und mit jedem Atemzuge schlürfe ich die Erinnerung jener Seligkeiten ein, mit denen mich jene wenigen, glücklichen, unwiederbringlichen Tage überfüllten. Wilhelm, es ist so, und ich murre nicht, die Blüten des Lebens sind nur Erscheinungen! Wie viele gehn vorüber, ohne eine Spur hinter sich zu lassen, wie wenige setzen Frucht an, und wie wenige dieser Früchte werden reif! Und doch sind deren noch genug da; und doch – O mein Bruder! – können wir gereifte Früchte vernachlässigen, verachten, ungenossen verfaulen lassen?

Lebe wohl! Es ist ein herrlicher Sommer; ich sitze oft auf den Obstbäumen in Lottens Baumstück mit dem Obstbrecher, der langen Stange, und hole die Birnen aus dem Gipfel. Sie steht unten und nimmt sie ab, wenn ich sie ihr herunterlasse.

Am 30. August.

Unglücklicher! Bist du nicht ein Tor? betrügst du dich nicht selbst? Was soll diese tobende endlose Leidenschaft? Ich habe kein Gebet mehr als an sie; meiner Einbildungskraft erscheint keine andere Gestalt als die ihrige, und alles in der Welt um mich her sehe ich nur im Verhältnis mit ihr. Und das macht mir denn so manche glückliche Stunde – bis ich mich wieder von ihr losreißen muß! Ach Wilhelm! wozu mich mein Herz oft drängt! – Wenn ich bei ihr gesessen bin, zwei, drei Stunden, und mich an ihrer Gestalt, an ihrem Betragen, an dem himmlischen Ausdruck ihrer Worte geweidet habe und nun nach und nach alle meine Sinnen aufgespannt werden, mir es düster vor den Augen wird, ich kaum noch höre und es mich an die Gurgel faßt wie ein Meuchelmörder, dann mein Herz in wilden Schlägen den bedrängten Sinnen Luft zu machen sucht und ihre Verwirrung nur vermehrt – Wilhelm, ich weiß oft nicht, ob ich auf der Welt bin! Und – wenn nicht manchmal die Wehmut das Übergewicht nimmt und Lotte mir den elenden Trost erlaubt, auf ihrer Hand meine Beklemmung auszuweinen, – so muß ich fort, muß hinaus! und schweife dann weit im Felde umher; einen jähen Berg zu klettern, ist dann meine Freude, durch einen unwegsamen Wald einen Pfad durchzuarbeiten, durch die Hecken, die mich verletzen, durch die Dornen, die mich zerreißen! Da wird mirs etwas besser! Etwas! Und wenn ich vor Müdigkeit und Durst manchmal unterwegs liegen bleibe, manchmal in der tiefen Nacht, wenn der hohe Vollmond über mir steht, im einsamen Walde auf einen krummgewachsenen Baum mich setze, um meinen verwundeten Sohlen nur einige Linderung zu verschaffen, und dann in einer ermattenden Ruhe in dem Dämmerschein hinschlummre! O Wilhelm! die einsame Wohnung einer Zelle, das härene Gewand und der Stachelgürtel wären Labsale, nach denen meine Seele schmachtet. Adieu! Ich sehe dieses Elendes kein Ende als das Grab.

Am 3. September.

Ich muß fort! Ich danke dir, Wilhelm, daß du meinen wankenden Entschluß bestimmt hast. Schon vierzehn Tage gehe ich mit dem Gedanken um, sie zu verlassen. Ich muß fort. Sie ist wieder in der Stadt bei einer Freundin. Und Albert – und – ich muß fort!

Am 10. September.

Das war eine Nacht! Wilhelm! nun überstehe ich alles. Ich werde sie nicht wiedersehn! O daß ich nicht an deinen Hals fliegen, dir mit tausend Tränen und Entzückungen ausdrücken kann, mein Bester, die Empfindungen, die mein Herz bestürmen. Hier sitze ich und schnappe nach Luft, suche mich zu beruhigen, erwarte den Morgen, und mit Sonnenaufgang sind die Pferde bestellt.

Ach, sie schläft ruhig und denkt nicht, daß sie mich nie wiedersehen wird. Ich habe mich losgerissen, bin stark genug gewesen, in einem Gespräch von zwei Stunden mein Vorhaben nicht zu verraten. Und Gott, welch ein Gespräch!

Albert hatte mir versprochen, gleich nach dem Nachtessen mit Lotten im Garten zu sein. Ich stand auf der Terrasse unter den hohen Kastanienbäumen und sah der Sonne nach, die mir nun zum letzten Male über dem lieblichen Tale, über dem sanften Fluß unterging. So oft hatte ich hier gestanden mit ihr und ebendem herrlichen Schauspiele zugesehen, und nun – Ich ging in der Allee auf und ab, die mir so lieb war; ein geheimer sympathetischer Zug hatte mich hier so oft gehalten, ehe ich noch Lotten kannte, und wie freuten wir uns, als wir im Anfang unserer Bekanntschaft die wechselseitige Neigung zu diesem Plätzchen entdeckten, das wahrhaftig eins von den romantischsten ist, die ich von der Kunst hervorgebracht gesehen habe.

Erst hast du zwischen Kastanienbäumen die weite Aussicht – Ach, ich erinnere mich, ich habe dir, denk ich, schon viel davon geschrieben, wie hohe Buchenwände einen endlich einschließen und durch ein daran stoßendes Boskett die Allee immer düsterer wird, bis zuletzt alles sich in ein geschlossenes Plätzchen endigt, das alle Schauer der Einsamkeit umschweben. Ich fühle es noch, wie heimlich mirs ward, als ich zum ersten Male an einem hohen Mittage hineintrat; ich ahnete ganz leise, was für ein Schauplatz das noch werden sollte von Seligkeit und Schmerz.

Ich hatte mich etwa eine halbe Stunde in den schmachtend süßen Gedanken des Abscheidens, des Wiedersehens geweidet, als ich sie die Terrasse heraufsteigen hörte. Ich lief ihnen entgegen, mit einem Schauer faßte ich ihre Hand und küßte sie. Wir waren eben heraufgetreten, als der Mond hinter dem buschigen Hügel aufging; wir redeten mancherlei und kamen unvermerkt dem düstern Kabinette näher. Lotte trat hinein und setzte sich, Albert neben sie, ich auch; doch meine Unruhe ließ mich nicht lange sitzen; ich stand auf, trat vor sie, ging auf und ab, setzte mich wieder: es war ein ängstlicher Zustand. Sie machte uns aufmerksam auf die schöne Wirkung des Mondlichtes, das am Ende der Buchenwände die ganze Terrasse vor uns erleuchtete: ein herrlicher Anblick, der um so viel

frappanter war, weil uns rings eine tiefe Dämmerung einschloß. Wir waren still, und sie fing nach einer Weile an: Niemals gehe ich im Mondenlichte spazieren, niemals, daß mir nicht der Gedanke an meine Verstorbenen begegnete, daß nicht das Gefühl von Tod, von Zukunft über mich käme. Wir werden sein! fuhr sie mit der Stimme des herrlichsten Gefühls fort; aber Werther, sollen wir uns wiederfinden? wiedererkennen? was ahnen Sie? was sagen Sie?
Lotte, sagte ich, indem ich ihr die Hand reichte und mir die Augen voll Tränen wurden, wir werden uns wiedersehen! hier und dort wiedersehen! – Ich konnte nicht weiterreden – Wilhelm, mußte sie mich das fragen, da ich diesen ängstlichen Abschied im Herzen hatte! Und ob die lieben Abgeschiednen von uns wissen, fuhr sie fort, ob sie fühlen, wenns uns wohl geht, daß wir mit warmer Liebe uns ihrer erinnern? O! die Gestalt meiner Mutter schwebt immer um mich, wenn ich am stillen Abend unter ihren Kindern, unter meinen Kindern sitze und sie um mich versammelt sind, wie sie um sie versammelt waren. Wenn ich dann mit einer sehnenden Träne gen Himmel sehe und wünsche, daß sie hereinschauen könnte einen Augenblick, wie ich mein Wort halte, das ich ihr in der Stunde des Todes gab: die Mutter ihrer Kinder zu sein. Mit welcher Empfindung rufe ich aus: Verzeihe mirs, Teuerste, wenn ich ihnen nicht bin, was du ihnen warst. Ach! tue ich doch alles, was ich kann; sind sie doch gekleidet, genährt, ach, und was mehr ist als das alles, gepflegt und geliebt. Könntest du unsere Eintracht sehen, liebe Heilige! du würdest mit dem heißesten Danke den Gott verherrlichen, den du mit den letzten, bittersten Tränen um die Wohlfahrt deiner Kinder batest.

Sie sagte das! o Wilhelm, wer kann wiederholen, was sie sagte! Wie kann der kalte, tote Buchstabe diese himmlische Blüte des Geistes darstellen! Albert fiel ihr sanft in die Rede: Es greift Sie zu stark an, liebe Lotte! ich weiß, Ihre Seele hängt sehr nach diesen Ideen, aber ich bitte Sie – O Albert, sagte sie, ich weiß, du vergissest nicht die Abende, da wir zusammensaßen an dem kleinen runden Tischchen, wenn der Papa verreist war und wir die Kleinen schlafen geschickt hatten. Du hattest oft ein gutes Buch und kamst so selten dazu, etwas zu lesen – War der Umgang dieser herrlichen Seele nicht mehr als alles? die schöne, sanfte, muntere und immer tätige Frau! Gott kennt meine Tränen, mit denen ich mich oft in meinem Bette vor ihn hinwarf: er möchte mich ihr gleichmachen.

Lotte! rief ich aus, indem ich mich vor sie hinwarf, ihre Hand nahm und mit tausend Tränen netzte, Lotte! der Segen Gottes ruht über dir und der Geist deiner Mutter! – Wenn Sie sie gekannt hätten, sagte sie, indem sie mir die Hand drückte, – sie war wert, von Ihnen gekannt zu sein! – Ich glaubte zu vergehen. Nie war ein größeres, stolzeres Wort über mich ausgesprochen worden, – und sie fuhr fort: Und diese Frau mußte in der Blüte ihrer Jahre dahin, da ihr jüngster Sohn nicht sechs Monate alt war! Ihre Krankheit dauerte nicht lange; sie war ruhig, hingegeben, nur ihre Kinder taten ihr weh, besonders das kleine. Wie es gegen das Ende ging und sie zu mir sagte: Bringe mir sie herauf, und wie ich sie hereinführte, die kleinen, die nicht wußten, und die ältesten, die ohne Sinne waren, wie sie ums Bette standen, und wie sie die Hände aufhob und über sie betete und sie küßte nacheinander und sie wegschickte und zu mir sagte: Sei ihre Mutter! – Ich gab ihr die Hand drauf! – Du Ver-

LOTTE

sprichst viel, meine Tochter, sagte sie, das Herz einer Mutter und das Aug einer Mutter. Ich habe oft an deinen dankbaren Tränen gesehen, daß du fühlst, was das sei. Habe es für deine Geschwister, und für deinen Vater die Treue und den Gehorsam einer Frau. Du wirst ihn trösten. – Sie fragte nach ihm, er war ausgegangen, um uns den unerträglichen Kummer zu verbergen, den er fühlte, der Mann war ganz zerissen. Albert, du warst im Zimmer. Sie hörte jemand gehn und fragte und forderte dich zu sich, und wie sie dich ansah und mich, mit dem getrösteten, ruhigen Blicke, daß wir glücklich sein, zusammen glücklich sein würden – Albert fiel ihr um den Hals und küßte sie und rief: Wir sind es! wir werden es sein! – Der ruhige Albert war ganz aus seiner Fassung, und ich wußte nichts von mir selber.
Werther, fing sie an, und diese Frau sollte dahin sein! Gott, wenn ich manchmal denke, wie man das Liebste seines Lebens wegtragen läßt, und niemand als die Kinder das so scharf fühlt, die sich noch lange beklagten, die schwarzen Männer hätten die Mama weggetragen.
Sie stand auf, und ich ward erweckt und erschüttert, blieb sitzen und hielt ihre Hand. – Wir wollen fort, sagte sie, es wird Zeit. – Sie wollte ihre Hand zurückziehen, und ich hielt sie fester. – Wir werden uns wiedersehen, rief ich, wir werden uns finden, unter allen Gestalten werden wir uns erkennen. Ich gehe, fuhr ich fort, ich gehe willig, und doch, wenn ich sagen sollte auf ewig, ich würde es nicht aushalten. Leb wohl, Lotte! Leb wohl, Albert! Wir sehn uns wieder. – Morgen, denke ich, versetzte sie scherzend. – Ich fühlte das Morgen! Ach sie wußte nicht, als sie ihre Hand aus der meinen zog – Sie gingen die Allee

hinaus, ich stand, sah ihnen nach im Mondscheine und warf mich an die Erde und weinte mich aus und sprang auf und lief auf die Terrasse hervor und sah noch dort unten im Schatten der hohen Lindenbäume ihr weißes Kleide nach der Gartentür schimmern, ich streckte meine Arme aus, und es verschwand.

ZWEITES BUCH

Am 20. Oktober 1771.

Gestern sind wir hier angelangt. Der Gesandte ist unpaß und wird sich also einige Tage einhalten. Wenn er nur nicht so unhold wäre, wär alles gut. Ich merke, ich merke, das Schicksal hat mir harte Prüfungen zugedacht. Doch gutes Muts! Ein leichter Sinn trägt alles! Ein leichter Sinn? das macht mich zu lachen, wie das Wort in meine Feder kommt. O ein bißchen leichteres Blut würde mich zum Glücklichsten unter der Sonne machen. Was! da, wo andere mit ihrem bißchen Kraft und Talent vor mir in behaglicher Selbstgefälligkeit herumschwadronieren, verzweifle ich an meiner Kraft, an meinen Gaben? Guter Gott, der du mir das alles schenktest, warum hieltest du nicht die Hälfte zurück und gabst mir Selbstvertrauen und Genügsamkeit!

Geduld! Geduld! es wird besser werden. Denn ich sage dir, Lieber, du hast recht. Seit ich unter dem Volke alle Tage herumgetrieben werde und sehe, was sie tun und wie sie's treiben, stehe ich viel besser mit mir selbst. Gewiß, weil wir doch einmal so gemacht sind, daß wir alles mit uns und uns mit allem vergleichen, so liegt Glück oder Elend in den Gegenständen, womit wir uns zusammenhalten, und da ist nichts gefährlicher als die Einsamkeit. Unsere Einbildungskraft, durch ihre Natur gedrungen, sich zu erheben, durch die phantastischen Bilder der Dichtkunst genährt, bildet sich eine Reihe Wesen hinauf, wo wir das unterste sind und alles außer uns herrlicher erscheint, jeder andere vollkommner ist. Und das geht ganz

natürlich zu. Wir fühlen so oft, daß uns manches mangelt, und eben was uns fehlt, scheint uns oft ein anderer zu besitzen, dem wir denn auch alles dazugeben, was *wir* haben, und noch eine gewisse idealische Behaglichkeit dazu. Und so ist der Glückliche vollkommen fertig, das Geschöpf unserer selbst.
Dagegen wenn wir mit all unserer Schwachheit und Mühseligkeit nur gerade fortarbeiten, so finden wir gar oft, daß wir mit unserm Schlendern und Lavieren es weiter bringen als andere mit ihrem Segeln und Rudern – und – das ist doch ein wahres Gefühl seiner selbst, wenn man andern gleich- oder gar vorläuft.

Am 26. November.

Ich fange an, mich insofern ganz leidlich hier zu befinden. Das beste ist, daß es zu tun genug gibt; und dann die vielerlei Menschen, die allerlei neuen Gestalten machen mir ein buntes Schauspiel vor meiner Seele. Ich habe den Grafen C.. kennen lernen, einen Mann, den ich jeden Tag mehr verehren muß, einen weiten, großen Kopf, und der deswegen nicht kalt ist, weil er viel übersieht; aus dessen Umgange so viel Empfindung für Freundschaft und Liebe hervorleuchtet. Er nahm teil an mir, als ich einen Geschäftsauftrag an ihn ausrichtete und er bei den ersten Worten merkte, daß wir uns verstanden, daß er mit mir reden konnte wie nicht mit jedem. Auch kann ich sein offenes Betragen gegen mich nicht genug rühmen. So eine wahre warme Freude ist nicht in der Welt, als eine große Seele zu sehen, die sich gegen einen öffnet.

Am 24. Dezember.

Der Gesandte macht mir viel Verdruß, ich habe es vorausgesehen. Er ist der pünktlichste Narr, den es

nur geben kann; Schritt vor Schritt und umständlich wie eine Base; ein Mensch, der nie mit sich selbst zufrieden ist, und dem es daher niemand zu Danke machen kann. Ich arbeite gern leicht weg, und wie es steht, so steht es: da ist er imstande, mir einen Aufsatz zurückzugeben und zu sagen: Er ist gut, aber sehen Sie ihn durch, man findet immer ein besseres Wort, eine reinere Partikel. – Da möchte ich des Teufels werden. Kein Und, kein Bindewörtchen darf außenbleiben, und von allen Inversionen, die mir nachmal entfahren, ist er ein Todfeind; wenn man seinen Perioden nicht nach der hergebrachten Melodie herabgelt, so versteht er gar nichts drin. Das ist ein Leiden, mit so einem Menschen zu tun zu haben.
Das Vertrauen des Grafen von C.. ist noch das einzige, was mich schadlos hält. Er sagte mir letzthin ganz aufrichtig, wie unzufrieden er mit der Langsamkeit und Bedenklichkeit meines Gesandten sei. Die Leute erschweren es sich und andern; doch, sagte er, man muß sich darein resignieren, wie ein Reisender, der über einen Berg muß; freilich, wäre der Berg nicht da, so wäre der Weg viel bequemer und kürzer; er ist nun aber da, und man soll hinüber! –
Mein Alter spürt auch wohl den Vorzug, den mir der Graf vor ihm gibt, und das ärgert ihn, und er ergreift jede Gelegenheit, Übels gegen mich vom Grafen zu reden: ich halte, wie natürlich, Widerpart, und dadurch wird die Sache nur schlimmer. Gestern gar brachte er mich auf, denn ich war mitgemeint: zu so Weltgeschäften sei der Graf ganz gut, er habe viele Leichtigkeit zu arbeiten und führe eine gute Feder, doch an gründlicher Gelehrsamkeit mangle es ihm wie allen Belletristen. Dazu machte er eine Miene, als ob er sagen wollte: Fühlst du den Stich? Aber es tat

bei mir nicht die Wirkung; ich verachtete den Menschen, der so denken und sich so betragen konnte. Ich hielt ihm stand und focht mit ziemlicher Heftigkeit. Ich sagte, der Graf sei ein Mann, vor dem man Achtung haben müsse, wegen seines Charakters sowohl als wegen seiner Kenntnisse. Ich habe, sagt ich, niemand gekannt, dem es so geglückt wäre, seinen Geist zu erweitern, ihn über unzählige Gegenstände zu verbreiten und doch diese Tätigkeit fürs gemeine Leben zu behalten. – Das waren dem Gehirne spanische Dörfer, und ich empfahl mich, um nicht über ein weiteres Deraisonnement noch mehr Galle zu schlucken. Und daran seid ihr alle schuld, die ihr mich in das Joch geschwatzt und mir so viel von Aktivität vorgesungen habt. Aktivität! Wenn nicht der mehr tut, der Kartoffeln legt und in die Stadt reitet, sein Korn zu verkaufen, als ich, so will ich zehn Jahre noch mich auf der Galeere abarbeiten, auf der ich nun angeschmiedet bin.

Und das glänzende Elend, die Langeweile unter dem garstigen Volke, das sich hier nebeneinander sieht! die Rangsucht unter ihnen, wie sie nur wachen und aufpassen, einander ein Schrittchen abzugewinnen; die elendesten, erbärmlichsten Leidenschaften, ganz ohne Röckchen. Da ist ein Weib, zum Exempel, die jedermann von ihrem Adel und ihrem Lande unterhält, so daß jeder Fremde denken muß: das ist eine Närrin, die sich auf das bißchen Adel und auf den Ruf ihres Landes Wunderstreiche einbildet. – Aber es ist noch viel ärger: eben das Weib ist hier aus der Nachbarschaft eine Amtschreiberstochter. – Sieh, ich kann das Menschengeschlecht nicht begreifen, das so wenig Sinn hat, um sich so platt zu prostituieren.

Zwar ich merke täglich mehr, mein Lieber, wie töricht

man ist, andere nach sich zu berechnen. Und weil ich so viel mit mir selbst zu tun habe und dieses Herz so stürmisch ist – ach, ich lasse gern die andern ihres Pfades gehen, wenn sie mich nur auch könnten gehen lassen.

Was mich am meisten neckt, sind die fatalen bürgerlichen Verhältnisse. Zwar weiß ich so gut als einer, wie nötig der Unterschied der Stände ist, wie viel Vorteile er mir selbst verschafft: nur soll er mir nicht eben gerade im Wege stehen, wo ich noch ein wenig Freude, einen Schimmer von Glück auf dieser Erde genießen könnte. Ich lernte neulich auf dem Spaziergange ein Fräulein von B.. kennen, ein liebenswürdiges Geschöpf, das sehr viel Natur mitten in dem steifen Leben erhalten hat. Wir gefielen uns in unserem Gespräche, und da wir schieden, bat ich sie um Erlaubnis, sie bei sich sehen zu dürfen. Sie gestattete mir das mit so vieler Freimütigkeit, daß ich den schicklichen Augenblick kaum erwarten konnte, zu ihr zu gehen. Sie ist nicht von hier und wohnt bei einer Tante im Hause. Die Physiognomie der Alten gefiel mir nicht. Ich bezeigte ihr viel Aufmerksamkeit, mein Gespräch war meist an sie gewandt, und in minder als einer halben Stunde hatte ich so ziemlich weg, was mir das Fräulein nachher selbst gestand: daß die liebe Tante in ihrem Alter Mangel an allem, kein anständiges Vermögen, keinen Geist und keine Stütze hat als die Reihe ihrer Vorfahren, keinen Schirm als den Stand, in den sie sich verpalisadiert, und kein Ergetzen, als von ihrem Stockwerk herab über die bürgerlichen Häupter wegzusehen. In ihrer Jugend soll sie schön gewesen sein und ihr Leben weggegaukelt, erst mit ihrem Eigensinne manchen armen Jungen gequält und in den reiferen Jahren sich unter den Gehorsam eines alten Offiziers geduckt haben, der gegen diesen Preis und einen leidlichen Unterhalt das eherne Jahrhundert mit ihr zubrachte und starb. Nun sieht sie im eisernen sich allein und würde nicht angesehn, wär ihre Nichte nicht so liebenswürdig.

Den 8. Januar 1772.

Was das für Menschen sind, deren ganze Seele auf dem Zeremoniell ruht, deren Dichten und Trachten jahrelang dahin geht, wie sie um einen Stuhl weiter hinauf bei Tische sich einschieben wollen! Und nicht, daß sie sonst keine Angelegenheit hätten: nein, vielmehr häufen sich die Arbeiten, eben weil man über den kleinen Verdrießlichkeiten von Beförderung der wichtigen Sachen abgehalten wird. Vorige Woche gab es bei der Schlittenfahrt Händel, und der ganze Spaß wurde verdorben.

Die Toren, die nicht sehen, daß es eigentlich auf den Platz gar nicht ankommt, und daß der, der den ersten hat, so selten die erste Rolle spielt! Wie mancher König wird durch seinen Minister, wie mancher Minister durch seinen Sekretär regiert! Und wer ist denn der Erste? der, dünkt mich, der die anderen übersieht und so viel Gewalt oder List hat, ihre Kräfte und Leidenschaften zu Ausführung seiner Pläne anzuspannen.

Am 20. Januar.

Ich muß Ihnen schreiben, liebe Lotte, hier in der Stube einer geringen Bauernherberge, in die ich mich vor einem schweren Wetter geflüchtet habe. Solange ich in dem traurigen Neste D.., unter dem fremden, meinem Herzen ganz fremden Volke herumziehe, habe ich keinen Augenblick gehabt, keinen, an dem mein Herz mich geheißen hätte, Ihnen zu schreiben;

und jetzt in dieser Hütte, in dieser Einsamkeit, in dieser Einschränkung, da Schnee und Schloßen wider mein Fensterchen wüten, hier waren Sie mein erster Gedanke. Wie ich hereintrat, überfiel mich Ihre Gestalt, Ihr Andenken, o Lotte! so heilig, so warm! Guter Gott! der erste glückliche Augenblick wieder. Wenn Sie mich sähen, meine Beste, in dem Schwall von Zerstreuung! wie ausgetrocknet meine Sinnen werden; nicht Einen Augenblick der Fülle des Herzens, nicht Eine selige Stunde! nichts! nichts! Ich stehe wie vor einem Raritätenkasten und sehe die Männchen und Gäulchen vor mir herumrücken und frage mich oft, ob es nicht optischer Betrug ist. Ich spiele mit, vielmehr ich werde gespielt wie eine Marionette und fasse manchmal meinen Nachbar an der hölzernen Hand und schaudere zurück. Des Abends nehme ich mir vor, den Sonnenaufgang zu genießen, und komme nicht aus dem Bette; am Tage hoffe ich, mich des Mondscheins zu erfreuen, und bleibe in meiner Stube. Ich weiß nicht recht, warum ich aufstehe, warum ich schlafen gehe.

Der Sauerteig, der mein Leben in Bewegung setzte, fehlt; der Reiz, der mich in tiefen Nächten munter erhielt, ist hin, der mich des Morgens aus dem Schlafe weckte, ist weg.

Ein einzig weibliches Geschöpf habe ich hier gefunden, eine Fräulein von B.., sie gleicht Ihnen, liebe Lotte, wenn man Ihnen gleichen kann. Ei! werden Sie sagen, der Mensch legt sich auf niedliche Komplimente! Ganz unwahr ist es nicht. Seit einiger Zeit bin ich sehr artig, weil ich doch nicht anders sein kann, habe viel Witz, und die Frauenzimmer sagen: es wüßte niemand so fein zu loben als ich (und zu lügen, setzen Sie hinzu, denn ohne das geht es nicht ab, verstehen Sie?). Ich wollte von Fräulein B.. reden. Sie hat viel Seele, die voll aus ihren blauen Augen hervorblickt. Ihr Stand ist ihr zur Last, der keinen der Wünsche ihres Herzens befriedigt. Sie sehnt sich aus dem Getümmel, und wir verphantasieren manche Stunde in ländlichen Szenen von ungemischter Glückseligkeit; ach! und von Ihnen! Wie oft muß sie Ihnen huldigen; muß nicht, tut es freiwillig, hört so gern von Ihnen, liebt Sie. –

O säß ich zu Ihren Füßen in dem lieben vertraulichen Zimmerchen, und unsere kleinen Lieben wälzten sich miteinander um mich herum, und wenn sie Ihnen zu laut würden, wollte ich sie mit einem schauerlichen Märchen um mich zur Ruhe versammeln.

Die Sonne geht herrlich unter über der schneeglänzenden Gegend, der Sturm ist hinübergezogen, und ich – muß mich wieder in meinen Käfig sperren – Adieu! Ist Albert bei Ihnen? Und wie – ? Gott verzeihe mir diese Frage!

Den 8. Februar.

Wir haben seit acht Tagen das abscheulichste Wetter, und mir ist es wohltätig. Denn solang ich hier bin, ist mir noch kein schöner Tag am Himmel erschienen, den mir nicht jemand verdorben oder verleidet hätte. Wenns nun recht regnet und stöbert und fröstelt und taut – ha! denk ich, kanns doch zu Hause nicht schlimmer werden, als es draußen ist, oder umgekehrt, und so ists gut. Geht die Sonne des Morgens auf und verspricht einen feinen Tag, erwehr ich mir niemals auszurufen: da haben sie doch wieder ein himmlisches Gut, worum sie einander bringen können. Es ist nichts, worum sie einander nicht bringen. Gesundheit, guter Name, Freudigkeit, Erholung! Und meist aus Albernheit, Unbegriff und Enge, und, wenn man sie anhört, mit der besten Meinung. Manchmal möcht ich sie auf den Knieen bitten, nicht so rasend in ihre eigenen Eingeweide zu wüten.

Am 17. Februar.

Ich fürchte, mein Gesandter und ich halten es zusammen nicht lange mehr aus. Der Mann ist ganz und gar unerträglich. Seine Art, zu arbeiten und Geschäfte zu treiben, ist so lächerlich, daß ich mich nicht enthalten kann, ihm zu widersprechen und oft eine Sache nach meinem Kopf und meiner Art zu machen, das ihm denn, wie natürlich, niemals recht ist. Darüber hat er mich neulich bei Hofe verklagt, und der Minister gab mir einen zwar sanften Verweis, aber es war doch ein Verweis, und ich stand im Begriffe, meinen Abschied zu begehren, als ich einen Privatbrief* von ihm erhielt, einen Brief, vor dem ich niedergekniet und den hohen, edlen, weisen Sinn angebetet habe. Wie er meine allzugroße Empfindlichkeit zurechtweiset, wie er meine überspannten Ideen von Wirksamkeit, von Einfluß auf andere, von Durchdringen in Geschäften als jugendlichen guten Mut zwar ehrt, sie nicht auszurotten, nur zu mildern und dahin zu leiten sucht, wo sie ihr wahres Spiel haben, ihre kräftige Wirkung tun können. Auch bin ich auf acht Tage gestärkt und in mir selbst einig geworden. Die Ruhe der Seele ist ein herrliches Ding und die Freude an sich selbst. Lieber Freund, wenn nur das Kleinod nicht ebenso zerbrechlich wäre, als es schön und kostbar ist.

* Man hat aus Ehrfurcht für diesen trefflichen Herrn gedachten Brief und einen andern, dessen weiter hinten erwähnt wird, dieser Sammlung entzogen, weil man nicht glaubte, eine solche Kühnheit durch den wärmsten Dank des Publikums entschuldigen zu können.

Am 20. Februar.

Gott segne euch, meine Lieben, gebe euch alle die guten Tage, die er mir abzieht!

Ich danke dir, Albert, daß du mich betrogen hast: ich wartete auf Nachricht, wann euer Hochzeittag sein würde, und hatte mir vorgenommen, feierlichst an demselben Lottens Schattenriß von der Wand zu nehmen und ihn unter andere Papiere zu begraben. Nun seid ihr ein Paar, und ihr Bild ist noch hier! Nun so soll es bleiben! Und warum nicht? Ich weiß, ich bin ja auch bei euch, bin dir unbeschadet in Lottens Herzen, habe, ja ich habe den zweiten Platz darin und will und muß ihn behalten. O, ich würde rasend werden, wenn sie vergessen könnte – Albert, in dem Gedanken liegt eine Hölle. Albert, leb wohl! Leb wohl, Engel des Himmels! Leb wohl, Lotte!

Den 15. März.

Ich habe einen Verdruß gehabt, der mich von hier wegtreiben wird. Ich knirsche mit den Zähnen! Teufel! er ist nicht zu ersetzen, und ihr seid doch allein schuld daran, die ihr mich sporntet und triebt und quältet, mich in einen Posten zu begeben, der nicht nach meinem Sinne war. Nun habe ichs! nun habt ihrs! Und daß du nicht wieder sagst, meine überspannten Ideen verdürben alles, so hast du hier, lieber Herr, eine Erzählung, plan und nett, wie ein Chronikenschreiber das aufzeichnen würde.

Der Graf von C.. liebt mich, distinguiert mich, das ist bekannt, das habe ich dir schon hundertmal gesagt. Nun war ich gestern bei ihm zu Tafel, eben an dem Tage, da abends die noble Gesellschaft von Herrn und Frauen bei ihm zusammenkommt, an die ich nie gedacht habe, auch mir nie aufgefallen ist, daß wir

Subalternen nicht hineingehören. Gut. Ich speise bei dem Grafen, und nach Tische gehn wir in dem großen Saal auf und ab, ich rede mit ihm, mit dem Obristen B.., der dazukommt, und so rückt die Stunde der Gesellschaft heran. Ich denke, Gott weiß, an nichts. Da tritt herein die übergnädige Dame von S.. mit Ihrem Herrn Gemahle und wohlausgebrüteten Gänslein Tochter, mit der flachen Brust und niedlichem Schnürleibe, machen en passant ihre hergebrachten hochadeligen Augen und Naslöcher, und wie mir die Nation von Herzen zuwider ist, wollte ich mich eben empfehlen und wartete nur, bis der Graf vom garstigen Gewäsche frei wäre, als meine Fräulein B.. hereintrat. Da mir das Herz immer ein bißchen aufgeht, wenn ich sie sehe, blieb ich eben, stellte mich hinter ihren Stuhl und bemerkte erst nach einiger Zeit, daß sie mit weniger Offenheit als sonst, mit einiger Verlegenheit mit mir redete. Das fiel mir auf. Ist sie auch wie alle das Volk, dachte ich, und war angestochen und wollte gehen, und doch blieb ich, weil ich sie gerne entschuldigt hätte und es nicht glaubte und noch ein gut Wort von ihr hoffte und – was du willst. Unterdessen füllt sich die Gesellschaft. Der Baron F.. mit der ganzen Garderobe von den Krönungszeiten Franz des Ersten her, der Hofrat R.., hier aber in qualitate Herr von R.. genannt, mit seiner tauben Frau etc., den übelfournierten J.. nicht zu vergessen, der die Lücken seiner altfränkischen Garderobe mit neumodischen Lappen ausflickt, das kommt zuhauf, und ich rede mit einigen meiner Bekanntschaft, die alle sehr lakonisch sind. Ich dachte – und gab nur auf meine B.. acht. Ich merkte nicht, daß die Weiber am Ende des Saales sich in die Ohren flüsterten, daß es auf die Männer zirkulierte, daß Frau von S.. mit dem Grafen redete (das

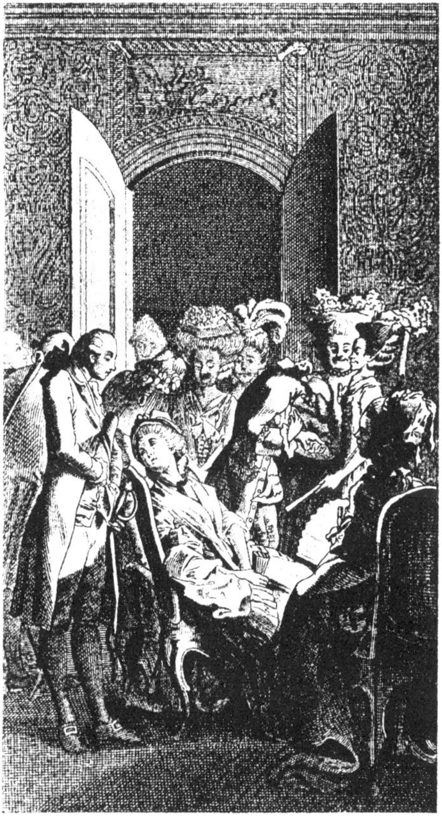

Chodowiecki del.

alles hat mir Fräulein B.. nachher erzählt), bis endlich der Graf auf mich losging und mich in ein Fenster nahm. – Sie wissen, sagte er, unsere wunderbaren Verhältnisse; die Gesellschaft ist unzufrieden, merke ich, Sie hier zu sehen; ich wollte nicht um alles – Ihro Exzellenz, fiel ich ein, ich bitte tausendmal um Verzeihung; ich hätte eher dran denken sollen, und ich weiß, Sie vergeben mir diese Inkonsequenz; ich wollte schon vorhin mich empfehlen, ein böser Genius hat mich zurückgehalten, setzte ich lächelnd hinzu, indem ich mich neigte. – Der Graf drückte meine Hände mit einer Empfindung, die alles sagte. Ich strich mich sacht aus der vornehmen Gesellschaft, ging, setzte mich in ein Kabriolett und fuhr nach M.., dort vom Hügel die Sonne untergehen zu sehen und dabei in meinem Homer den herrlichen Gesang zu lesen, wie Ulyß von dem trefflichen Schweinhirten bewirtet wird. Das war alles gut.

Des Abends komme ich zurück zu Tische, es waren noch wenige in der Gaststube; die würfelten auf einer Ecke, hatten das Tischtuch zurückgeschlagen. Da kommt der ehrliche A.. hinein, legt seinen Hut nieder, indem er mich ansieht, tritt zu mir und sagt leise: Du hast Verdruß gehabt? – Ich? sagte ich. – Der Graf hat dich aus der Gesellschaft gewiesen. – Hole sie der Teufel! sagt ich, mir wars lieb, daß ich in die freie Luft kam. – Gut, sagte er, daß du es auf die leichte Achsel nimmst. Nur verdrießt michs, es ist schon überall herum. – Da fing mich das Ding erst an zu wurmen. Alle, die zu Tische kamen und mich ansahen, dachte ich, die sehen dich darum an! Das gab böses Blut.

Und da man nun heute gar, wo ich hintrete, mich bedauert, da ich höre, daß meine Neider nun triumphieren und sagen: da sähe mans, wo es mit den Übermütigen hinausginge, die sich ihres bißchen Kopfs überhöben und glaubten, sich darum über alle Verhältnisse hinaussetzen zu dürfen, und was des Hundegeschwätzes mehr ist – da möchte man sich ein Messer ins Herz bohren; denn man rede von Selbständigkeit, was man will, den will ich sehen, der dulden kann, daß Schurken über ihn reden, wenn sie einen Vorteil über ihn haben; wenn ihr Geschwätze leer ist, ach, da kann man sie leicht lassen.

Am 16. März.

Es hetzt mich alles. Heute treffe ich die Fräulein B.. in der Allee, ich konnte mich nicht enthalten, sie anzureden und ihr, sobald wir etwas entfernt von der Gesellschaft waren, meine Empfindlichkeit über ihr neuliches Betragen zu zeigen. – O Werther, sagte sie mit einem innigen Tone, konnten Sie meine Verwirrung so auslegen, da Sie mein Herz kennen? Was ich gelitten habe um Ihrentwillen, von dem Augenblicke an, da ich in den Saal trat! Ich sah alles voraus, hundertmal saß mirs auf der Zunge, es Ihnen zu sagen. Ich wußte, daß die von S.. und T.. mit ihren Männern eher aufbrechen würden, als in Ihrer Gesellschaft zu bleiben; ich wußte, daß der Graf es mit ihnen nicht verderben darf – und jetzo der Lärm! – Wie, Fräulein? sagte ich und verbarg meinen Schrecken; denn alles, was Adelin mir ehegestern gesagt hatte, lief mir wie siedend Wasser durch die Adern in diesem Augenblicke. – Was hat mich es schon gekostet! sagte das süße Geschöpf, indem ihr die Tränen in den Augen standen. – Ich war nicht Herr mehr von mir selbst, war im Begriffe, mich ihr zu Füßen zu werfen. – klären Sie sich, rief ich. – Die Tränen liefen ihr die Wangen herunter. Ich war außer mir. Sie trocknete sie ab, ohne sie verbergen zu wollen. – Meine Tante kennen Sie, fing sie an; sie war gegenwärtig und hat, o, mit was für Augen hat sie das angesehen! Werther, ich habe gestern nacht ausgestanden, und heute früh eine Predigt über meinen Umgang mit Ihnen, und ich habe müssen zuhören Sie herabsetzen, erniedrigen, und konnte und durfte Sie nur halb verteidigen.

Jedes Wort, das sie sprach, ging mir wie ein Schwert durchs Herz. Sie fühlte nicht, welche Barmherzigkeit es gewesen wäre, mir das alles zu verschweigen, und nun fügte sie noch dazu, was weiter würde geträtscht werden, was eine Art Menschen darüber triumphieren würde. Wie man sich nunmehr über die Strafe meines Übermuts und meiner Geringschätzung anderer, die sie mir schon lange vorwerfen, kitzeln und freuen würde. Das alles, Wilhelm, von ihr zu hören, mit der Stimme der wahresten Teilnehmung – Ich war zerstört und bin noch wütend in mir. Ich wollte, daß sich einer unterstünde, mir es vorzuwerfen, daß ich ihm den Degen durch den Leib stoßen könnte; wenn ich Blut sähe, würde mir es besser werden. Ach, ich habe hundertmal ein Messer ergriffen, um diesem gedrängten Herzen Luft zu machen. Man erzählt von einer edlen Art Pferde, die, wenn sie schrecklich erhitzt und aufgejagt sind, sich selbst aus Instinkt eine Ader aufbeißen, um sich zum Atem zu helfen. So ist mirs oft, ich möchte mir eine Ader öffnen, die mir die ewige Freiheit schaffte.

Am 24. März.

Ich habe meine Entlassung vom Hofe verlangt und werde sie, hoffe ich, erhalten, und ihr werdet mir verzeihen, daß ich nicht erst Erlaubnis dazu bei euch geholt habe. Ich mußte nun einmal fort, und was ihr zu sagen hattet, um mir das Bleiben einzureden, weiß ich alles, und also – Bringe das meiner Mutter in einem Säftchen bei, ich kann mir selbst nicht helfen, und sie mag sich gefallen lassen, wenn ich ihr auch nicht helfen kann. Freilich muß es ihr wehe tun. Den schönen Lauf, den ihr Sohn gerade zum Geheimenrat und Gesandten ansetzte, so auf einmal Halte zu sehen, und rückwärts mit dem Tierchen in den Stall! Macht nun daraus, was ihr wollt, und kombiniert die möglichen Fälle, unter denen ich hätte bleiben können und sollen; genug, ich gehe; und damit ihr wißt, wo ich hinkomme, so ist hier der Fürst**, der vielen Geschmack an meiner Gesellschaft findet; der hat mich gebeten, da er von meiner Absicht hörte, mit ihm auf seine Güter zu gehen und den schönen Frühling da zuzubringen. Ich soll ganz mir selbst gelassen sein, hat er mir versprochen, und da wir uns zusammen bis auf einen gewissen Punkt verstehn, so will ich es denn auf gut Glück wagen und mit ihm gehen.

Zur Nachricht. *Am 19. April.*

Danke für deine beiden Briefe. Ich antwortete nicht, weil ich dieses Blatt liegen ließ, bis mein Abschied vom Hofe da wäre; ich fürchtete, meine Mutter möchte sich an den Minister wenden und mir mein Vorhaben erschweren. Nun aber ist es geschehen, mein Abschied ist da. Ich mag euch nicht sagen, wie ungern man mir ihn gegeben hat, und was mir der Minister schreibt – ihr würdet in neue Lamentationen ausbrechen. Der Erbprinz hat mir zum Abschiede fünfundzwanzig Dukaten geschickt, mit einem Worte, das mich bis zu Tränen gerührt hat; also brauche ich von der Mutter das Geld nicht, um das ich neulich schrieb.

Am 5. Mai.

Morgen gehe ich von hier ab, und weil mein Geburtsort nur sechs Meilen vom Wege liegt, so will ich den auch wiedersehen, will mich der alten, glücklich verträumten Tage erinnern. Zu eben dem Tore will ich hineingehn, aus dem meine Mutter mit mir herausfuhr, als sie nach dem Tode meines Vaters den lieben, vertraulichen Ort verließ, um sich in ihre unerträgliche Stadt einzusperren. Adieu, Wilhelm, du sollst von meinem Zuge hören.

Am 9. Mai.

Ich habe die Wallfahrt nach meiner Heimat mit aller Andacht eines Pilgrims vollendet, und manche unerwarteten Gefühle haben mich ergriffen. An der großen Linde, die eine Viertelstunde vor der Stadt nach S.. zu steht, ließ ich halten, stieg aus und hieß den Postillion fortfahren, um zu Fuße jede Erinnerung ganz neu, lebhaft, nach meinem Herzen zu kosten. Da stand ich nun unter der Linde, die ehedem, als Knabe, das Ziel und die Grenze meiner Spaziergänge gewesen. Wie anders! Damals sehnte ich mich in glücklicher Unwissenheit hinaus in die unbekannte Welt, wo ich für mein Herz so viele Nahrung, so vielen Genuß hoffte, meinen strebenden, sehnenden Busen auszufüllen und zu befriedigen. Jetzt komme ich zurück aus der weiten Welt – o, mein Freund, mit wie viel fehlgeschlagenen Hoffnungen, mit wie viel zerstörten Planen! – Ich sah das Gebirge vor mir liegen, das so tausendmal der Gegenstand meiner Wünsche gewesen war. Stundenlang konnt ich hier sitzen und mich hinübersehnen, mit inniger Seele mich in den Wäldern, den Tälern verlieren, die sich meinen Augen so freundlich-dämmernd darstellten; und wenn ich dann um die bestimmte Zeit wieder zurückmußte, mit welchem Widerwillen verließ ich nicht den lieben Platz! – Ich kam der Stadt näher, alle die alten bekannten Gartenhäuschen wurden von mir gegrüßt, die neuen waren mir zuwider, so auch alle Veränderungen, die man sonst vorgenommen hatte. Ich trat zum Tor hinein und fand mich doch gleich und ganz wieder. Lieber, ich mag nicht ins Detail gehn; so reizend, als es mir war, so einförmig würde es in der Erzählung werden. Ich hatte beschlossen, auf dem Markte zu wohnen, gleich neben unserem alten Hause. Im Hingehen bemerkte ich, daß die Schulstube, wo ein ehrliches altes Weib unsere Kindheit zusammengepfercht hatte, in einen Kramladen verwandelt war. Ich erinnerte mich der Unruhe, der Tränen, der Dumpfheit des Sinnes, der Herzensangst, die ich in dem Loche ausgestanden hatte. – Ich tat keinen Schritt, der nicht merkwürdig war. Ein Pilger im heiligen Lande trifft nicht so viele Stätten religiöser Erinnerungen an, und seine Seele ist schwerlich so voll heiliger Bewegung. – Noch eins für tausend. Ich ging den Fluß hinab, bis an einen gewissen Hof; das war sonst auch mein Weg, und die Plätzchen, wo wir Knaben uns übten, die meisten Sprünge der flachen Steine im Wasser hervorzubringen. Ich erinnerte mich so lebhaft, wenn ich manchmal stand und dem Wasser nachsah, mit wie wunderbaren Ahnungen ich es verfolgte, wie abenteuerlich ich mir die Gegenden vorstellte, wo es nun hinflösse, und wie ich da so bald Grenzen meiner Vorstellungskraft fand; und doch mußte das weitergehen, immer weiter, bis ich mich ganz in dem Anschauen einer unsichtbaren Ferne verlor. – Sieh, mein Lieber, so beschränkt und so glücklich waren die herrlichen Altväter! so kindlich ihr Gefühl, ihre Dichtung!

Wenn Ulyß von dem ungemeßnen Meer und von der unendlichen Erde spricht, das ist so wahr, menschlich, innig, eng und geheimnisvoll. Was hilft michs, daß ich jetzt mit jedem Schulknaben nachsagen kann, daß sie rund sei? Der Mensch braucht nur wenige Erdschollen, um drauf zu genießen, weniger, um drunter zu ruhen. Nun bin ich hier auf dem fürstlichen Jagdschloß. Es läßt sich noch ganz wohl mit dem Herrn leben, er ist wahr und einfach. Wunderliche Menschen sind um ihn herum, die ich gar nicht begreife. Sie scheinen keine Schelmen und haben doch auch nicht das Ansehen von ehrlichen Leuten. Manchmal kommen sie mir ehrlich vor, und ich kann ihnen doch nicht trauen. Was mir noch leid tut, ist, daß er oft von Sachen redet, die er nur gehört und gelesen hat, und zwar aus eben dem Gesichtspunkte, wie sie ihm der andere vorstellen mochte.

Auch schätzt er meinen Verstand und meine Talente mehr als dies Herz, das doch mein einziger Stolz ist, das ganz allein die Quelle von allem ist, aller Kraft, aller Seligkeit und alles Elendes. Ach, was ich weiß, kann jeder wissen – mein Herz habe ich allein.

Am 25. Mai.

Ich hatte etwas im Kopfe, davon ich euch nichts sagen wollte, bis es ausgeführt wäre: jetzt, da nichts draus wird, ist es ebenso gut. Ich wollte in den Krieg; das hat mir lange am Herzen gelegen. Vornehmlich darum bin ich dem Fürsten hierher gefolgt, der General in ***schen Diensten ist. Auf einem Spaziergang entdeckte ich ihm mein Vorhaben; er widerriet mir es, und es müßte bei mir mehr Leidenschaft als Grille gewesen sein, wenn ich seinen Gründen nicht hätte Gehör geben wollen.

Am 11. Junius.

Sage, was du willst, ich kann nicht länger bleiben. Was soll ich hier? die Zeit wird mir lang. Der Fürst hält mich, so gut man nur kann, und doch bin ich nicht in meiner Lage. Wir haben im Grunde nichts gemein mit einander. Er ist ein Mann von Verstande, aber von ganz gemeinem Verstande; sein Umgang unterhält mich nicht mehr, als wenn ich ein wohlgeschriebenes Buch lese. Noch acht Tage bleibe ich, und dann ziehe ich wieder in der Irre herum. Das beste, was ich hier getan habe, ist mein Zeichnen. Der Fürst fühlt in der Kunst und würde noch stärker fühlen, wenn er nicht durch das garstige wissenschaftliche Wesen und durch die gewöhnliche Terminologie eingeschränkt wäre. Manchmal knirsche ich mit den Zähnen, wenn ich ihn mit warmer Imagination an Natur und Kunst herumführe und er es auf einmal recht gut zu machen denkt, wenn er mit einem gestempelten Kunstworte dreinstolpert.

Am 16. Junius.

Ja wohl bin ich nur ein Wandrer, ein Waller auf der Erde! Seid ihr denn mehr?

Am 18. Junius.

Wo ich hin will? das laß dir im Vertrauen eröffnen. Vierzehn Tage muß ich doch noch hier bleiben, und dann habe ich mir weisgemacht, daß ich die Bergwerke im **schen besuchen wollte; ist aber im Grunde nichts dran, ich will nur Lotten wieder näher, das ist alles. Und ich lache über mein eignes Herz – und tu ihm seinen Willen.

Am 29. Julius.

Nein, es ist gut! es ist alles gut! – Ich – ihr Mann! O Gott, der du mich machtest, wenn du mir diese

Seligkeit bereitet hättest, mein ganzes Leben sollte ein anhaltendes Gebet sein. Ich will nicht rechten, und verzeihe mir diese Tränen, verzeihe mir meine vergeblichen Wünsche! – Sie meine Frau! Wenn ich das liebste Geschöpf unter der Sonne in meine Arme geschlossen hätte – Es geht mir ein Schauder durch den ganzen Körper, Wilhelm, wenn Albert sie um den schlanken Leib faßt.

Und, darf ich es sagen? Warum nicht, Wilhelm? Sie wäre mit mir glücklicher geworden als mit ihm! O, er ist nicht der Mensch, die Wünsche dieses Herzens alle zu füllen. Ein gewisser Mangel an Fühlbarkeit, ein Mangel – nimm es, wie du willst; daß sein Herz nicht sympathetisch schlägt bei – oh! – bei der Stelle eines lieben Buches, wo mein Herz und Lottens in Einem zusammentreffen; in hundert andern Vorfällen, wenn es kommt, daß unsere Empfindungen über eine Handlung eines Dritten laut werden. Lieber Wilhelm! – Zwar er liebt sie von ganzer Seele, und so eine Liebe, was verdient die nicht! –

Ein unerträglicher Mensch hat mich unterbrochen. Meine Tränen sind getrocknet. Ich bin zerstreut. Adieu, Lieber.

Am 4. August.

Es geht mir nicht allein so. Alle Menschen werden in ihren Hoffnungen getäuscht, in ihren Erwartungen betrogen. Ich besuchte mein gutes Weib unter der Linde. Der älteste Junge lief mir entgegen, sein Freudengeschrei führte die Mutter herbei, die sehr niedergeschlagen aussah. Ihr erstes Wort war: Guter Herr, ach mein Hans ist mir gestorben! – Es war der jüngste ihrer Knaben. Ich war stille. – Und mein Mann, sagte sie, ist aus der Schweiz zurück und hat nichts mitgebracht, und ohne gute Leute hätte er sich herausbetteln müssen, er hatte das Fieber unterwegs gekriegt. – Ich konnte ihr nichts sagen und schenkte dem Kleinen was, sie bat mich, einige Äpfel anzunehmen, das ich tat, und den Ort des traurigen Andenkens verließ.

Am 21. August.

Wie man eine Hand umwendet, ist es anders mit mir. Manchmal will wohl ein freudiger Blick des Lebens wieder aufdämmern, ach! nur für einen Augenblick! – Wenn ich mich so in Träumen verliere, kann ich mich des Gedankens nicht erwehren: wie, wenn Albert stürbe? Du würdest! ja, sie würde – und dann laufe ich dem Hirngespinste nach, bis es mich an Abgründe führet, vor denen ich zurückbebe.
Wenn ich zum Tor hinausgehe, den Weg, den ich zum ersten Mal fuhr, Lotten zum Tanze zu holen, wie war das so ganz anders! Alles, alles ist vorübergegangen! Kein Wink der vorigen Welt, kein Pulsschlag meines damaligen Gefühles. Mir ist es, wie es einem Geiste sein müßte, der in das ausgebrannte, zerstörte Schloß zurückkehrte, das er als blühender Fürst einst gebaut und, mit allen Gaben der Herrlichkeit ausgestattet, sterbend seinem geliebten Sohne hoffnungsvoll hinterlassen hätte.

Am 3. September.

Ich begreife manchmal nicht, wie sie ein anderer lieb haben *kann*, lieb haben *darf*, da ich sie so ganz allein, so innig, so voll liebe, nichts anders kenne, noch weiß, noch habe als sie!

Am 4. September.

Ja, es ist so. Wie die Natur sich zum Herbste neigt, wird es Herbst in mir und um mich her. Meine Blätter werden gelb, und schon sind die Blätter der benachbarten Bäume abgefallen. Hab ich dir nicht einmal von einem Bauerburschen geschrieben, gleich da ich herkam? Jetzt erkundigte ich mich wieder nach ihm in Wahlheim; es hieß, er sei aus dem Dienste gejagt worden, und niemand wollte was weiter von ihm wissen. Gestern traf ich ihn von ungefähr auf dem Wege nach einem andern Dorfe, ich redete ihn an, und er erzählte mir seine Geschichte, die mich doppelt und dreifach gerührt hat, wie du leicht begreifen wirst, wenn ich dir sie wiedererzähle. Doch wozu das alles, warum behalt ich nicht für mich, was mich ängstigt und kränkt? warum betrüb ich noch dich? warum geb ich dir immer Gelegenheit, mich zu bedauern und mich zu schelten? Sei's denn, auch das mag zu meinem Schicksal gehören!

Mit einer stillen Traurigkeit, in der ich ein wenig scheues Wesen zu bemerken schien, antwortete der Mensch mir erst auf meine Fragen; aber gar bald offner, als wenn er sich und mich auf einmal wieder erkennte, gestand er mir seine Fehler, klagte er mir sein Unglück. Könnt ich dir, mein Freund, jedes seiner Worte vor Gericht stellen! Er bekannte, ja er erzählte mit einer Art von Genuß und Glück der Wiedererinnerung, daß die Leidenschaft zu seiner Hausfrau sich in ihm tagtäglich vermehrt, daß er zuletzt nicht gewußt habe, was er tue, nicht, wie er sich ausdrückte, wo er mit dem Kopfe hin gesollt. Er habe weder essen noch trinken noch schlafen können, es habe ihm an der Kehle gestockt, er habe getan, was er nicht tun sollen, was ihm aufgetragen worden, hab er vergessen, er sei als wie von einem bösen Geist verfolgt gewesen, bis er eines Tags, als er sie in einer obern Kammer gewußt, ihr nachgegangen, ja vielmehr ihr nachgezogen worden sei; da sie seinen Bitten kein Gehör gegeben, hab er sich ihrer mit Gewalt bemächtigen wollen; er wisse nicht, wie ihm geschehen sei, und nehme Gott zum Zeugen, daß seine Absichten gegen sie immer redlich gewesen, und daß er nichts sehnlicher gewünscht, als daß sie ihn heiraten, daß sie mit ihm ihr Leben zubringen möchte. Da er eine Zeitlang geredet hatte, fing er an zu stocken, wie einer, der noch etwas zu sagen hat und sich es nicht herauszusagen getraut; endlich gestand er mir auch mit Schüchternheit, was sie ihm für kleine Vertraulichkeiten erlaubt, und welche Nähe sie ihm vergönnet. Er brach zwei-, dreimal ab und wiederholte die lebhaftesten Protestationen, daß er das nicht sage, um sie schlecht zu machen, wie er sich ausdrückte, daß er sie liebe und schätze wie vorher, daß so etwas nicht über seinen Mund gekommen sei und daß er es mir nur sage, um mich zu überzeugen, daß er kein ganz verkehrter und unsinniger Mensch sei. – Und hier, mein Bester, fang ich mein altes Lied wieder an, das ich ewig anstimmen werde: könnt ich dir den Menschen vorstellen, wie er vor mir stand, wie er noch vor mir steht! Könnt ich dir alles recht sagen, damit du fühltest, wie ich an seinem Schicksale teilnehme, teilnehmen muß! Doch genug, da du auch mein Schicksal kennst, auch mich kennst, so weißt du nur zu wohl, was mich zu allen Unglücklichen, was mich besonders zu diesem Unglücklichen hinzieht.

Da ich das Blatt wieder durchlese, seh ich, daß ich das Ende der Geschichte zu erzählen vergessen habe, das sich aber leicht hinzudenken läßt. Sie erwehrte sich

sein; ihr Bruder kam dazu, der ihn schon lange gehaßt, der ihn schon lange aus dem Hause gewünscht hatte, weil er fürchtet, durch eine neue Heirat der Schwester werde seinen Kindern die Erbschaft entgehn, die ihnen jetzt, da sie kinderlos ist, schöne Hoffnungen gibt; dieser habe ihn gleich zum Hause hinausgestoßen und einen solchen Lärm von der Sache gemacht, daß die Frau, auch selbst wenn sie gewollt, ihn nicht wieder hätte aufnehmen können. Jetzo habe sie wieder einen andern Knecht genommen, auch über den, sage man, sei sie mit dem Bruder zerfallen, und man behaupte für gewiß, sie werde ihn heiraten, aber er sei fest entschlossen, das nicht zu erleben.
Was ich dir erzähle, ist nicht übertrieben, nichts verzärtelt, ja ich darf wohl sagen: schwach, schwach hab ichs erzählt, und vergröbert hab ichs, indem ichs mit unsern hergebrachten sittlichen Worten vorgetragen habe.
Diese Liebe, diese Treue, diese Leidenschaft ist also keine dichterische Erfindung. Sie lebt, sie ist in ihrer größten Reinheit unter der Klasse von Menschen, die wir ungebildet, die wir roh nennen. Wir Gebildeten – zu Nichts Verbildeten! Lies die Geschichte mit Andacht, ich bitte dich. Ich bin heute still, indem ich das hinschreibe; du siehst an meiner Hand, daß ich nicht so strudele und sudele wie sonst. Lies, mein Geliebter, und denke dabei, daß es auch die Geschichte deines Freundes ist. Ja, so ist mirs gegangen, so wird mirs gehn, und ich bin nicht halb so brav, nicht halb so entschlossen als der arme Unglückliche, mit dem ich mich zu vergleichen mich fast nicht getraue.

Am 5. September.

Sie hatte ein Zettelchen an ihren Mann aufs Land geschrieben, wo er sich Geschäfte wegen aufhielt. Es fing an: Bester, Liebster, komme, sobald du kannst, ich erwarte dich mit tausend Freuden. – Ein Freund, der hereinkam, brachte Nachricht, daß er wegen gewisser Umstände so bald noch nicht zurückkehren würde. Das Billett blieb liegen und fiel mir abends in die Hände. Ich las es und lächelte; sie fragte worüber? – Was die Einbildungskraft für ein göttliches Geschenk ist, rief ich aus, ich konnte mir einen Augenblick vorspiegeln, als wäre es an mich geschrieben. – Sie brach ab, es schien ihr zu mißfallen, und ich schwieg.

Am 6. September.

Es hat schwer gehalten, bis ich mich entschloß, meinen blauen einfachen Frack, in dem ich mit Lotten zum ersten Male tanzte, abzulegen, er ward aber zuletzt gar unscheinbar. Auch habe ich mir einen machen lassen ganz wie den vorigen, Kragen und Aufschlag, und auch wieder so gelbe Weste und Beinkleider dazu.

Ganz will es doch die Wirkung nicht tun. Ich weiß nicht – Ich denke, mit der Zeit soll mir der auch lieber werden.

Am 12. September.

Sie war einige Tage verreist, Alberten abzuholen. Heute trat ich in ihre Stube, sie kam mir entgegen, und ich küßte ihre Hand mit tausend Freuden.

Ein Kanarienvogel flog von dem Spiegel ihr auf die Schulter. – Einen neuen Freund, sagte sie und lockte ihn auf ihre Hand, er ist meinen Kleinen zugedacht. Er tut gar zu lieb! Sehen Sie ihn! Wenn ich ihm Brot gebe, flattert er mit den Flügeln und pickt so artig. Er küßt mich auch, sehen Sie!

Als sie dem Tierchen den Mund hinhielt, drückte es sich so lieblich in die süßen Lippen, als wenn es die Seligkeit hätte fühlen können, die es genoß.
Er soll Sie auch küssen, sagte sie und reichte den Vogel herüber. – Das Schnäbelchen machte den Weg von ihrem Munde zu dem meinigen, und die pickende Berührung war wie ein Hauch, eine Ahnung liebevollen Genusses.
Sein Kuß, sagte ich, ist nicht ganz ohne Begierde, er sucht Nahrung und kehrt unbefriedigt von der leeren Liebkosung zurück.
Er ißt mir auch aus dem Munde, sagte sie. – Sie reichte ihm einige Brosamen mit ihren Lippen, aus denen die Freuden unschuldig teilnehmender Liebe in aller Wonne lächelten.
Ich kehrte das Gesicht weg. Sie sollte es nicht tun! sollte nicht meine Einbildungskraft mit diesen Bildern himmlischer Unschuld und Seligkeit reizen und mein Herz aus dem Schlafe, in den es manchmal die Gleichgültigkeit des Lebens wiegt, nicht wecken! – Und warum nicht? – Sie traut mir so! sie weiß, wie ich sie liebe!

Am 15. September.

Man möchte rasend werden, Wilhelm, daß es Menschen geben soll ohne Sinn und Gefühl an dem Wenigen, was auf Erden noch einen Wert hat. Du kennst die Nußbäume, unter denen ich bei dem ehrlichen Pfarrer zu St.. mit Lotten gesessen, die herrlichen Nußbäume! die mich, Gott weiß, immer mit dem größten Seelenvergnügen füllten! Wie vertraulich sie den Pfarrhof machten, wie kühl! und wie herrlich die Äste waren! und die Erinnerung bis zu den ehrlichen Geistlichen, die sie vor so vielen Jahren pflanzten.

Der Schulmeister hat uns den einen Namen oft genannt, den er von seinem Großvater gehört hatte; und so ein braver Mann soll er gewesen sein, und sein Andenken war mir immer heilig unter den Bäumen. Ich sage dir, dem Schulmeister standen die Tränen in den Augen, da wir gestern davon redeten, daß sie abgehauen worden – Abgehauen! Ich möchte toll werden, ich könnte den Hund ermorden, der den ersten Hieb dran tat. Ich, der ich mich vertrauern könnte, wenn so ein paar Bäume in meinem Hofe stünden und einer davon stürbe vor Alter ab, ich muß zusehen. Lieber Schatz, eins ist doch dabei! Was Menschengefühl ist! Das ganze Dorf murrt, und ich hoffe, die Frau Pfarrerin soll es an Butter und Eiern und übrigem Zutrauen spüren, was für eine Wunde sie ihrem Orte gegeben hat. Denn *sie* ist es, die Frau des neuen Pfarrers (unser alter ist auch gestorben), ein hageres, kränkliches Geschöpf, das sehr Ursache hat, an der Welt keinen Anteil zu nehmen, denn niemand nimmt Anteil an ihr. Eine Närrin, die sich abgibt, gelehrt zu sein, sich in die Untersuchung des Kanons meliert, gar viel an der neumodischen moralisch-kritischen Reformation des Christentumes arbeitet und über Lavaters Schwärmereien die Achseln zuckt, eine ganz zerrüttete Gesundheit hat und deswegen auf Gottes Erdboden keine Freude. So einer Kreatur war es auch allein möglich, meine Nußbäume abzuhauen. Siehst du, ich komme nicht zu mir! Stelle dir vor, die abfallenden Blätter machen ihr den Hof unrein und dumpfig, die Bäume nehmen ihr das Tageslicht, und wenn die Nüsse reif sind, so werfen die Knaben mit Steinen darnach, und das fällt ihr auf die Nerven, das stört sie in ihren tiefen Überlegungen, wenn sie Kennikot, Semler und Michaelis gegen einander abwiegt. Da ich die Leute im Dorfe, besonders die alten, so unzufrieden sah, sagte ich: Warum habt ihr es gelitten? – Wenn der Schulze will, hierzulande, sagten sie, was kann man machen? – Aber eins ist recht geschehen. Der Schulze und der Pfarrer, der doch auch von seiner Frauen Grillen, die ihm ohnedies die Suppen nicht fett machen, was haben wollte, dachten es mit einander zu teilen; da erfuhr es die Kammer und sagte: hier herein! denn sie hatte noch alte Prätentionen an den Teil des Pfarrhofes, wo die Bäume standen, und verkaufte sie an den Meistbietenden. Sie liegen! O wenn ich Fürst wäre! ich wollte die Pfarrerin, den Schulzen und die Kammer – Fürst! – Ja, wenn ich Fürst wäre, was kümmerten mich die Bäume in meinem Lande!

Am 10. Oktober.

Wenn ich nur ihre schwarzen Augen sehe, ist mir es schon wohl! Sieh, und was mich verdrießt, ist, daß Albert nicht so beglückt zu sein scheinet, als er – hoffte – als ich – zu sein glaubte – wenn – Ich mache nicht gern Gedankenstriche, aber hier kann ich mich nicht anders ausdrücken – und mich dünkt, deutlich genug.

Am 12. Oktober.

Ossian hat in meinem Herzen den Homer verdrängt. Welch eine Welt, in die der Herrliche mich führt! Zu wandern über die Heide, umsaust vom Sturmwinde, der in dampfenden Nebeln die Geister der Väter im dämmernden Lichte des Mondes hinführt. Zu hören vom Gebirge her, im Gebrülle des Waldstroms, halb verwehtes Ächzen der Geister aus ihren Höhlen und die Wehklagen des zu Tode sich jammernden Mädchens um die vier moosbedeckten, grasbewachsenen Steine des Edelgefallnen, ihres Geliebten. Wenn ich ihn dann finde, den wandelnden grauen Barden, der auf der weiten Heide die Fußstapfen seiner Väter sucht und ach! ihre Grabsteine findet, und dann jammernd nach dem lieben Sterne des Abends hinblickt, der sich ins rollende Meer verbirgt, und die Zeiten der Vergangenheit in des Helden Seele lebendig werden, da noch der freundliche Strahl den Gefahren der Tapferen leuchtete und der Mond ihr bekränztes siegrückkehrendes Schiff beschien; wenn ich den tiefen Kummer auf seiner Stirn lese, den letzten verlaßnen Herrlichen in aller Ermattung dem Grabe zuwanken sehe, wie er immer neue, schmerzlich glühende Freuden in der kraftlosen Gegenwart der Schatten seiner Abgeschiedenen einsaugt und nach der kalten Erde, dem hohen, wehenden Grase niedersieht und ausruft: Der Wanderer wird kommen, kommen, der mich kannte in meiner Schönheit, und fragen: Wo ist der Sänger, Fingals trefflicher Sohn? Sein Fußtritt geht über mein Grab hin, und er fragt vergebens nach mir auf der Erde. – O Freund! ich möchte gleich einem edlen Waffenträger das Schwert ziehen, meinen Fürsten von der zückenden Qual des langsam absterbenden Lebens auf einmal befreien und dem befreiten Halbgott meine Seele nachsenden.

Am 19. Oktober.

Ach, diese Lücke! diese entsetzliche Lücke, die ich hier in meinem Busen fühle! – Ich denke oft: wenn du sie nur einmal, nur einmal an dieses Herz drücken könntest, diese ganze Lücke würde ausgefüllt sein.

Am 26. Oktober.

Ja, es wird mir gewiß, Lieber! gewiß und immer gewisser, daß an dem Dasein eines Geschöpfes wenig gelegen ist, ganz wenig. Es kam eine Freundin zu Lotten, und ich ging herein ins Nebenzimmer, ein Buch zu nehmen, und konnte nicht lesen, und dann nahm ich eine Feder, zu schreiben. Ich hörte sie leise reden; sie erzählten einander unbedeutende Sachen, Stadtneuigkeiten: wie diese heiratet, wie jene krank, sehr krank ist. – Sie hat einen trocknen Husten, die Knochen stehn ihr zum Gesicht heraus, und kriegt Ohnmachten; ich gebe keinen Kreuzer für ihr Leben, sagte die eine. Der N.N. ist auch so übel dran, sagte Lotte. Er ist schon geschwollen, sagte die andere. – Und meine lebhafte Einbildungskraft versetzte mich ans Bett dieser Armen; ich sah sie, mit welchem Widerwillen sie dem Leben den Rücken wandten, wie sie – Wilhelm! und meine Weibchen redeten davon, wie man eben davon redet – daß ein Fremder stirbt. – Und wenn ich mich umsehe und sehe das Zimmer an und rings um mich Lottens Kleider und Alberts Skripturen und diese Möbeln, denen ich nun so befreundet bin, sogar diesem Tintenfasse, und denke: Siehe, was du nun diesem Hause bist! Alles in allem. Deine Freunde ehren dich! du machst oft ihre Freude, und deinem Herzen scheint es, als wenn es ohne sie nicht sein könnte, und doch – wenn du nun gingst, wenn du aus diesem Kreise schiedest? würden sie, wie lange würden sie die Lücke fühlen, die dein Verlust in ihr Schicksal reißt? wie lange? – O, so vergänglich ist der Mensch, daß er auch da, wo er seines Daseins eigentliche Gewißheit hat, da, wo er den einzigen wahren Eindruck seiner Gegenwart macht, in dem Andenken, in der Seele seiner Lieben, daß er auch da verlöschen, verschwinden muß, und das so bald!

Am 27. Oktober.

Ich möchte mir oft die Brust zerreißen und das Gehirn einstoßen, daß man einander so wenig sein kann. Ach, die Liebe, Freude, Wärme und Wonne, die ich nicht hinzubringe, wird mir der andere nicht geben, und mit einem ganzen Herzen voll Seligkeit werde ich den andern nicht beglücken, der kalt und kraftlos vor mir steht.

Abends.

Ich habe so viel, und die Empfindung an ihr verschlingt alles; ich habe so viel, und ohne sie wird mir alles zu nichts.

Am 30. Oktober.

Wenn ich nicht schon hundertmal auf dem Punkte gestanden bin, ihr um den Hals zu fallen! Weiß der große Gott, wie einem das tut, so viele Liebenswürdigkeit vor einem herumkreuzen zu sehen und nicht zugreifen zu dürfen; und das Zugreifen ist doch der natürlichste Trieb der Menschheit. Greifen die Kinder nicht nach allem, was ihnen in den Sinn fällt? – Und ich?

Am 3. November.

Weiß Gott! ich lege mich so oft zu Bette mit dem Wunsche, ja manchmal mit der Hoffnung, nicht wieder zu erwachen: und morgens schlage ich die Augen auf, sehe die Sonne wieder und bin elend. O daß ich launisch sein könnte, könnte die Schuld aufs Wetter, auf einen Dritten, auf eine fehlgeschlagene Unternehmung schieben, so würde die unerträgliche Last des Unwillens doch nur halb auf mir ruhen. Wehe mir! ich fühle zu wahr, daß an mir allein alle Schuld liegt, –

nicht Schuld! Genug, daß in mir die Quelle alles Elendes verborgen ist, wie ehemals die Quelle aller Seligkeiten. Bin ich nicht noch eben derselbe, der ehemals in aller Fülle der Empfindung herumschwebte, dem auf jedem Tritte ein Paradies folgte, der ein Herz hatte, eine ganze Welt liebevoll zu umfassen? Und dies Herz ist jetzt tot, aus ihm fließen keine Entzückungen mehr, meine Augen sind trocken, und meine Sinnen, die nicht mehr von erquickenden Tränen gelabt werden, ziehen ängstlich meine Stirn zusammen. Ich leide viel, denn ich habe verloren, was meines Lebens einzige Wonne war, die heilige belebende Kraft, mit der ich Welten um mich schuf; sie ist dahin! – Wenn ich zu meinem Fenster hinaus an den fernen Hügel sehe, wie die Morgensonne über ihn her den Nebel durchbricht und den stillen Wiesengrund bescheint und der sanfte Fluß zwischen seinen entblätterten Weiden zu mir herschlängelt, – o! wenn da diese herrliche Natur so starr vor mir steht wie ein lackiertes Bildchen und alle die Wonne keinen Tropfen Seligkeit aus meinem Herzen herauf in das Gehirn pumpen kann und der ganze Kerl vor Gottes Angesicht steht wie ein versiegter Brunn, wie ein verlechter Eimer. Ich habe mich oft auf den Boden geworfen und Gott um Tränen gebeten, wie ein Ackersmann um Regen, wenn der Himmel ehern über ihm ist und um ihn die Erde verdürstet.

Aber ach! ich fühle es, Gott gibt Regen und Sonnenschein nicht unserm ungestümen Bitten, und jene Zeiten, deren Andenken mich quält, warum waren sie so selig? als weil ich mit Geduld seinen Geist erwartet und die Wonne, die er über mich ausgoß, mit ganzem, innig dankbarem Herzen aufnahm.

Am 8. November.

Sie hat mir meine Exzesse vorgeworfen! ach, mit so viel Liebenswürdigkeit! Meine Exzesse, daß ich mich manchmal von einem Glase Wein verleiten lasse, eine Bouteille zu trinken. – Tun Sie es nicht! sagte sie, denken Sie an Lotten! – Denken! sagte ich, brauchen Sie mir das zu heißen? Ich denke! – ich denke nicht! Sie sind immer vor meiner Seele. Heute saß ich an dem Flecke, wo Sie neulich aus der Kutsche stiegen – Sie redete was anders, um mich nicht tiefer in den Text kommen zu lassen. Bester, ich bin dahin! sie kann mit mir machen, was sie will.

Am 15. November.

Ich danke dir, Wilhelm, für deinen herzlichen Anteil, für deinen wohlmeinenden Rat, und bitte dich, ruhig zu sein. Laß mich ausdulden, ich habe bei aller meiner Müdseligkeit noch Kraft genug durchzusetzen. Ich ehre die Religion, das weißt du, ich fühle, daß sie manchem Ermatteten Stab, manchem Verschmachtenden Erquickung ist. Nur – kann sie denn, muß sie denn das einem jeden sein? Wenn du die große Welt ansiehst, so siehst du Tausende, denen sie es nicht war, Tausende, denen sie es nicht sein wird, gepredigt oder ungepredigt, und muß sie mir es denn sein? Sagt nicht selbst der Sohn Gottes, daß die um ihn sein würden, die ihm der Vater gegeben hat? Wenn ich ihm nun nicht gegeben bin? wenn mich nun der Vater für sich behalten will, wie mir mein Herz sagt? – Ich bitte dich, lege das nicht falsch aus; sieh nicht etwa Spott in diesen unschuldigen Worten; es ist meine ganze Seele, die ich dir vorlege; sonst wollte ich lieber, ich hätte geschwiegen: wie ich denn über alles das, wovon jedermann so wenig weiß als ich, nicht gern ein Wort verliere. Was ist es anders als Menschenschicksal, sein Maß auszuleiden, seinen Becher auszutrinken? – Und ward der Kelch dem Gott vom Himmel auf seiner Menschenlippe zu bitter, warum soll ich großtun und mich stellen, als schmeckte er mir süß? Und warum sollte ich mich schämen, in dem schrecklichen Augenblick, da mein ganzes Wesen zwischen Sein und Nichtsein zittert, da die Vergangenheit wie ein Blitz über dem finstern Abgrunde der Zukunft leuchtet und alles um mich her versinkt und mit mir die Welt untergeht – Ist es da nicht die Stimme der ganz in sich gedrängten, sich selbst ermangelnden und unaufhaltsam hinabstürzenden Kreatur, in den innern Tiefen ihrer vergebens aufarbeitenden Kräfte zu knirschen: Mein Gott! mein Gott! warum hast du mich verlassen? Und sollt' ich mich des Ausdruckes schämen, sollte mir es vor dem Augenblicke bange sein, da ihm der nicht entging, der die Himmel zusammenrollt wie ein Tuch?

Am 21. November.

Sie sieht nicht, sie fühlt nicht, daß sie ein Gift bereitet, das mich und sie zugrunde richten wird; und ich mit voller Wollust schlürfe den Becher aus, den sie mir zu meinem Verderben reicht. Was soll der gütige Blick, mit dem sie mich oft – oft? – nein, nicht oft, aber doch manchmal ansieht, die Gefälligkeit, womit sie einen unwillkürlichen Ausdruck meines Gefühles aufnimmt, das Mitleiden mit meiner Duldung, das sich auf ihrer Stirne zeichnet?

Gestern, als ich wegging, reichte sie mir die Hand und sagte: Adieu, lieber Werther! – Lieber Werther! Es war das erste Mal, daß sie mich Lieber hieß, und es ging mir durch Mark und Bein. Ich habe es mir hundertmal wiederholt, und gestern Nacht, da ich zu Bette gehen wollte und mit mir selbst allerlei schwatzte, sagte ich so auf einmal: Gute Nacht, lieber Werther! und mußte hernach selbst über mich lachen.

Am 22. November.

Ich kann nicht beten: Laß mir sie! und doch kommt sie mir oft als die Meine vor. Ich kann nicht beten: Gib mir sie! denn sie ist eines andern. Ich witzle mich mit meinen Schmerzen herum; wenn ich mirs nachließe, es gäbe eine ganze Litanei von Antithesen.

Am 24. November.

Sie fühlt, was ich dulde. Heute ist mir ihr Blick tief durchs Herz gedrungen. Ich fand sie allein; ich sagte nichts, und sie sah mich an. Und ich sah nicht mehr in ihr liebliche Schönheit, nicht mehr das Leuchten des trefflichen Geistes; das war alles vor meinen Augen verschwunden. Ein weit herrlicherer Blick wirkte auf mich, voll Ausdruck des innigsten Anteils, des süßesten Mitleidens. Warum durfte ich mich nicht ihr zu Füßen werfen? warum durfte ich nicht an ihrem Halse mit tausend Küssen antworten? Sie nahm ihre Zuflucht zum Klavier und hauchte mit süßer, leiser Stimme harmonische Laute zu ihrem Spiele. Nie habe ich ihre Lippen so reizend gesehen; es war, als wenn sie sich lechzend öffneten, jene süßen Töne in sich zu schlürfen, die aus dem Instrument hervorquollen, und nur der heimliche Widerschall aus dem reinen Munde zurückklänge – Ja wenn ich dir das so sagen könnte! – Ich widerstand nicht länger, neigte mich und schwur: nie will ich es wagen, einen Kuß euch aufzudrücken, Lippen! auf denen die Geister des Himmels schweben – Und doch – ich will – Ha! siehst du, das steht wie eine Scheidewand vor meiner Seele – diese Seligkeit – und dann untergegangen, diese Sünde abzubüßen – Sünde?

Am 26. November.

Manchmal sag ich mir: Dein Schicksal ist einzig; preise die übrigen glücklich – so ist noch keiner gequält worden. Dann lese ich einen Dichter der Vorzeit, und es ist mir, als säh ich in mein eignes Herz. Ich habe so viel auszustehen! Ach, sind denn Menschen vor mir schon so elend gewesen?

Am 30. November.

Ich soll, ich soll nicht zu mir selbst kommen! wo ich hintrete, begegnet mir eine Erscheinung, die mich aus aller Fassung bringt. Heute! o Schicksal! o Menschheit!

Ich gehe an dem Wasser hin in der Mittagsstunde, ich hatte keine Lust zu essen. Alles war öde, ein naßkalter Abendwind blies vom Berge, und die grauen Regenwolken zogen das Tal hinein. Von fern sah ich einen Menschen in einem grünen schlechten Rocke, der zwischen den Felsen herumkrabbelte und Kräuter zu suchen schien. Als ich näher zu ihm kam und er sich auf das Geräusch, das ich machte, herumdrehte, sah ich eine interessante Physiognomie, darin eine stille Trauer den Hauptzug machte, die aber sonst nichts als einen geraden guten Sinn ausdrückte; seine schwarzen Haare waren mit Nadeln in zwei Rollen gesteckt, und die übrigen in einen starken Zopf geflochten, der ihm den Rücken herunterhing. Da mir seine Kleidung einen Menschen von geringem Stande zu bezeichnen schien, glaubte ich, er würde es nicht übelnehmen, wenn ich auf seine Beschäftigung aufmerksam wäre, und daher fragte ich ihn, was er suchte? – Ich suche, antwortete er mit einem tiefen Seufzer, Blumen – und finde keine. – Das ist auch die Jahreszeit nicht, sagte ich lächelnd. – Es gibt so viele Blumen, sagte er, indem er zu mir herunterkam. In meinem Garten sind Rosen und Jelängerjelieber zweierlei Sorten, eine hat mir mein Vater gegeben, sie wachsen wie Umkraut; ich suche schon zwei Tage darnach und kann sie nicht finden. Da haußen sind auch immer Blumen, gelbe und blaue und rote, und das Tausendgüldenkraut hat ein schönes Blümchen. Keines kann ich finden. – Ich merkte was Unheimliches, und drum fragte ich durch einen Umweg: Was will Er denn mit den Blumen? – Ein wunderbares, zuckendes Lächeln verzog sein Gesicht. – Wenn Er mich nicht verraten will, sagte er, indem er den Finger auf den Mund drückte, ich habe meinem Schatz einen Strauß versprochen. – Das ist brav, sagte ich. – O, sagte er, sie hat viel andere Sachen, sie ist reich. – Und doch hat sie Seinen Strauß lieb, versetzte ich. – O! fuhr er fort, sie hat Juwelen und eine Krone. – Wie heißt sie denn? – Wenn mich die Generalstaaten bezahlen wollten, versetzte er, ich wär ein anderer Mensch! Ja, es war einmal eine Zeit, da mir es so wohl war! Jetzt ist es aus mit mir. Ich bin nun – Ein nasser Blick zum Himmel drückte alles aus. – Er war also glücklich? fragte ich. – Ach, ich wollte, ich wäre wieder so! sagte er. Da war mir es so wohl, so lustig, so leicht wie einem Fisch im Wasser! – Heinrich! rief eine alte Frau, die den Weg herkam, Heinrich, wo steckst du? wir haben dich überall gesucht, komm zum Essen! – Ist das Euer Sohn? fragt ich, zu ihr tretend. – Wohl, mein armer Sohn! versetzte sie. Gott hat mir ein schweres Kreuz aufgelegt. – Wie lange ist er so? fragte ich. – So stille, sagte sie, ist er

nun ein halbes Jahr. Gott sei Dank, daß er nur so weit ist, vorher war er ein ganzes Jahr rasend, da hat er an Ketten im Tollhause gelegen. Jetzt tut er niemand nichts, nur hat er immer mit Königen und Kaisern zu schaffen. Es war ein so guter, stiller Mensch, der mich ernähren half, seine schöne Hand schrieb, und auf einmal wird er tiefsinnig, fällt in ein hitziges Fieber, daraus in Raserei, und nun ist er, wie Sie ihn sehen. Wenn ich Ihm erzählen sollte, Herr – Ich unterbrach den Strom ihrer Worte mit der Frage: Was war denn das für eine Zeit, von der er rühmt, daß er so glücklich, so wohl darin gewesen sei? – Der törichte Mensch! rief sie mit mitleidigem Lächeln, da meint er die Zeit, da er von sich war, das rühmt er immer; das ist die Zeit, da er im Tollhause war, wo er nichts von sich wußte – Das fiel mir auf wie ein Donnerschlag, ich drückte ihr ein Stück Geld in die Hand und verließ sie eilend.
Da du glücklich warst! rief ich aus, schnell vor mich hin nach der Stadt zu gehend, da dir es wohl war wie einem Fisch im Wasser! – Gott im Himmel! hast du das zum Schicksale der Menschen gemacht, daß sie nicht glücklich sind, als ehe sie zu ihrem Verstande kommen und wenn sie ihn wieder verlieren! – Elender! und auch wie beneide ich deinen Trübsinn, die Verwirrung deiner Sinne, in der du verschmachtest! Du gehst hoffnungsvoll aus, deiner Königin Blumen zu pflücken – im Winter – und trauerst, da du keine findest, und begreifst nicht, warum du keine finden kannst. Und ich – und ich gehe ohne Hoffnung, ohne Zweck heraus und kehre wieder heim, wie ich gekommen bin. – Du wähnst, welcher Mensch du sein würdest, wenn die Generalstaaten dich bezahlten. Seliges Geschöpf! das den Mangel seiner Glückselig-

keit einer irdischen Hindernis zuschreiben kann. Du fühlst nicht! du fühlst nicht, daß in deinem zerstörten Herzen, in deinem zerrütteten Gehirne dein Elend liegt, wovon alle Könige der Erde dir nicht helfen können.

Müsse der trostlos umkommen, der eines Kranken spottet, der nach der entferntesten Quelle reist, die seine Krankheit vermehren, sein Ausleben schmerzhafter machen wird! der sich über das bedrängte Herz erhebt, das, um seine Gewissensbisse loszuwerden und die Leiden seiner Seele abzutun, eine Pilgrimschaft nach dem heiligen Grabe tut. Jeder Fußtritt, der seine Sohlen auf ungebahntem Wege durchschneidet, ist ein Linderungstropfen der geängsteten Seele, und mit jeder ausgedauerten Tagereise legt sich das Herz um viele Bedrängnisse leichter nieder. – Und dürft ihr das Wahn nennen, ihr Wortkrämer auf euren Polstern? – Wahn! – O Gott! du siehst meine Tränen! Mußtest du, der du den Menschen arm genug erschufst, ihm auch Brüder zugeben, die ihm das bißchen Armut, das bißchen Vertrauen noch raubten, das er auf dich hat, auf dich, du All-liebender! Denn das Vertrauen zu einer heilenden Wurzel, zu den Tränen des Weinstockes, was ist es als Vertrauen zu dir, daß du in alles, was uns umgibt, Heil- und Linderungskraft gelegt hast, der wir so stündlich bedürfen? Vater! den ich nicht kenne! Vater! der sonst meine ganze Seele füllte und nun sein Angesicht von mir gewendet hat! rufe mich zu dir! schweige nicht länger! dein Schweigen wird diese dürstende Seele nicht aufhalten – Und würde ein Mensch, ein Vater zürnen können, dem sein unvermutet rückkehrender Sohn um den Hals fiele und riefe: Ich bin wieder da, mein Vater! Zürne nicht, daß ich die Wanderschaft abbreche, die ich nach deinem

Willen länger aushalten sollte. Die Welt ist überall einerlei, auf Mühe und Arbeit Lohn und Freude; aber was soll mir das? mir ist nur wohl, wo du bist, und vor deinem Angesichte will ich leiden und genießen. – Und du, lieber himmlischer Vater, solltest ihn von dir weisen?

Am 1. Dezember.

Wilhelm! der Mensch, von dem ich dir schrieb, der glückliche Unglückliche, war Schreiber bei Lottens Vater, und eine Leidenschaft zu ihr, die er nährte, verbarg, entdeckte und worüber er aus dem Dienst geschickt wurde, hat ihn rasend gemacht. Fühle, bei diesen trocknen Worten, mit welchem Unsinne mich die Geschichte ergriffen hat, da mir sie Albert ebenso gelassen erzählte, als du sie vielleicht liesest.

Am 4. Dezember.

Ich bitte dich – Siehst du, mit mir ists aus, ich trag es nicht länger! Heute saß ich bei ihr – saß, sie spielte auf ihrem Klavier, mannigfaltige Melodieen, und all den Ausdruck! all! – all! – Was willst du? – Ihr Schwesterchen putzte ihre Puppe auf meinem Knie. Mir kamen die Tränen in die Augen. Ich neigte mich, und ihr Trauring fiel mir ins Gesicht – meine Tränen flossen – Und auf einmal fiel sie in die alte himmelsüße Melodie ein, so auf einmal, und mir durch die Seele gehn ein Trostgefühl und eine Erinnerung des Vergangenen, der Zeiten, da ich das Lied gehört, der düstern Zwischenräume, des Verdrusses, der fehlgeschlagenen Hoffnungen, und dann – Ich ging in der Stube auf und nieder, mein Herz erstickte unter dem Zudringen. – Um Gottes willen, sagte ich, mit einem heftigen Ausbruch hin gegen sie fahrend, um Gottes willen hören

Sie auf! – Sie hielt und sah mich starr an. – Werther, sagte sie, mit einem Lächeln, das mir durch die Seele ging, Werther, Sie sind sehr krank, Ihre Lieblingsgerichte widerstehen Ihnen. Gehen Sie! Ich bitte Sie, beruhigen Sie sich. – Ich riß mich von ihr weg, und – Gott! du siehst mein Elend und wirst es enden.

Am 6. Dezember.

Wie mich die Gestalt verfolgt! Wachend und träumend füllt sie meine ganze Seele! Hier, wenn ich die Augen schließe, hier in meiner Stirne, wo die innere Sehkraft sich vereinigt, stehn ihre schwarzen Augen. Hier! ich kann dir es nicht ausdrücken. Mache ich meine Augen zu; so sind sie da; wie ein Meer, wie ein Abgrund ruhen sie vor mir, in mir, füllen die Sinne meiner Stirn.

Was ist der Mensch, der gepriesene Halbgott! Ermangeln ihm nicht eben da die Kräfte, wo er sie am nötigsten braucht? Und wenn er in Freude sich aufschwingt oder im Leiden versinkt, wird er nicht in beiden eben da aufgehalten, eben da zu dem stumpfen, kalten Bewußtsein wieder zurückgebracht, da er sich in der Fülle des Unendlichen zu verlieren sehnte?

Der Herausgeber an den Leser.

Wie sehr wünscht' ich, daß uns von den letzten merkwürdigen Tagen unseres Freundes so viel eigenhändige Zeugnisse übrig geblieben wären, daß ich nicht nötig hätte, die Folge seiner hinterlaßnen Briefe durch Erzählung zu unterbrechen.

Ich habe mir angelegen sein lassen, genaue Nachrichten aus dem Munde derer zu sammeln, die von seiner Geschichte wohl unterrichtet sein konnten; sie ist einfach, und es kommen alle Erzählungen davon bis

auf wenige Kleinigkeiten miteinander überein; nur über die Sinnesarten der handelnden Personen sind die Meinungen verschieden und die Urteile geteilt.
Was bleibt uns übrig, als dasjenige, was wir mit wiederholter Mühe erfahren können, gewissenhaft zu erzählen, die von dem Abscheidenden hinterlaßnen Briefe einzuschalten und das kleinste aufgefundene Blättchen nicht geringzuachten; zumal da es so schwer ist, die eigensten, wahren Triebfedern auch nur einer einzigen Handlung zu entdecken, wenn sie unter Menschen vorgeht, die nicht gemeiner Art sind.
Unmut und Unlust hatten in Werthers Seele immer tiefer Wurzel geschlagen, sich fester untereinander verschlungen und sein ganzes Wesen nach und nach eingenommen. Die Harmonie seines Geistes war völlig zerstört, eine innerliche Hitze und Heftigkeit, die alle Kräfte seiner Natur durcheinanderarbeitete, brachte die widrigsten Wirkungen hervor und ließ ihm zuletzt nur eine Ermattung übrig, aus der er noch ängstlicher emporstrebte, als er mit allen Übeln bisher gekämpft hatte. Die Beängstigung seines Herzens zehrte die übrigen Kräfte seines Geistes, seine Lebhaftigkeit, seinen Scharfsinn auf, er ward ein trauriger Gesellschafter, immer unglücklicher, und immer ungerechter, je unglücklicher er ward. Wenigstens sagen dies Alberts Freunde; sie behaupten, daß Werther einen reinen, ruhigen Mann, der nun eines lang gewünschten Glückes teilhaftig geworden, und sein Betragen, sich dieses Glück auch auf die Zukunft zu erhalten, nicht habe beurteilen können, er, der gleichsam mit jedem Tage sein ganzes Vermögen verzehrte, um an dem Abend zu leiden und zu darben. Albert, sagen sie, hatte sich in so kurzer Zeit nicht verändert, er war noch immer derselbige, den Werther so vom Anfang her

kannte, so sehr schätzte und ehrte. Er liebte Lotten über alles, er war stolz auf sie und wünschte sie auch von jedermann als das herrlichste Geschöpf anerkannt zu wissen. War es ihm daher zu verdenken, wenn er auch jeden Schein des Verdachtes abzuwenden wünschte, wenn er in dem Augenblicke mit niemand diesen köstlichen Besitz auch auf die unschuldigste Weise zu teilen Lust hatte? Sie gestehen ein, daß Albert oft das Zimmer seiner Frau verlassen, wenn Werther bei ihr war, aber nicht aus Haß noch Abneigung gegen seinen Freund, sondern nur, weil er gefühlt habe, daß dieser von seiner Gegenwart gedrückt sei.

Lottens Vater war von einem Übel befallen worden, das ihn in der Stube hielt; er schickte ihr seinen Wagen, und sie fuhr hinaus. Es war ein schöner Wintertag, der erste Schnee war stark gefallen und deckte die ganze Gegend.

Werther ging ihr den andern Morgen nach, um, wenn Albert sie nicht abzuholen käme, sie hereinzubegleiten. Das klare Wetter konnte wenig auf sein trübes Gemüt wirken, ein dumpfer Druck lag auf seiner Seele, die traurigen Bilder hatten sich bei ihm festgesetzt, und sein Gemüt kannte keine Bewegung als von einem schmerzlichen Gedanken zum andern.

Wie er mit sich in ewigem Unfrieden lebte, schien ihm auch der Zustand andrer nur bedenklicher und verworrener, er glaubte, das schöne Verhältnis zwischen Albert und seiner Gattin gestört zu haben, er machte sich Vorwürfe darüber, in die sich ein heimlicher Unwillen gegen den Gatten mischte.

Seine Gedanken fielen auch unterwegs auf diesen Gegenstand. Ja, ja, sagte er zu sich selbst mit heimlichem Zähneknirschen: das ist der vertraute, freund-

liche, zärtliche, an allem teilnehmende Umgang, die ruhige, dauernde Treue! Sattigkeit ists und Gleichgültigkeit! Zieht ihn nicht jedes elende Geschäft mehr an als die teure, köstliche Frau? Weiß er sein Glück zu schätzen? Weiß er sie zu achten, wie sie es verdient? Er hat sie, nun gut, er hat sie – Ich weiß das, wie ich was anders auch weiß, ich glaube an den Gedanken gewöhnt zu sein, er wird mich noch rasend machen, er wird mich noch umbringen – Und hat denn die Freundschaft zu mir Stich gehalten? Sieht er nicht in meiner Anhänglichkeit an Lotten schon einen Eingriff in seine Rechte, in meiner Aufmerksamkeit für sie einen stillen Vorwurf? Ich weiß es wohl, ich fühl es, er sieht mich ungern, er wünscht meine Entfernung, meine Gegenwart ist ihm beschwerlich.
Oft hielt er seinen raschen Schritt an, oft stand er stille und schien umkehren zu wollen; allein er richtete seinen Gang immer wieder vorwärts und war mit diesen Gedanken und Selbstgesprächen endlich gleichsam wider Willen bei dem Jagdhause angekommen.
Er trat in die Tür, fragte nach dem Alten und nach Lotten, er fand das Haus in einiger Bewegung. Der ältste Knabe sagte ihm, es sei drüben in Wahlheim ein Unglück geschehn, es sei ein Bauer erschlagen worden! – Es machte das weiter keinen Eindruck auf ihn. – Er trat in die Stube und fand Lotten beschäftigt, dem Alten zuzureden, der ungeachtet seiner Krankheit hinüber wollte, um an Ort und Stelle die Tat zu untersuchen. Der Täter war noch unbekannt, man hatte den Erschlagenen des Morgens vor der Haustür gefunden, man hatte Mutmaßungen: der Entleibte war Knecht einer Witwe, die vorher einen andern im Dienste gehabt, der mit Unfrieden aus dem Hause gekommen war.

Da Werther dieses hörte, fuhr er mit Heftigkeit auf. – Ists möglich! rief er aus, ich muß hinüber, ich kann nicht einen Augenblick ruhn. – Er eilte nach Wahlheim zu, jede Erinnerung ward ihm lebendig, und er zweifelte nicht einen Augenblick, daß jener Mensch die Tat begangen, den er so manchmal gesprochen, der ihm so wert geworden war.

Da er durch die Linden mußte, um nach der Schenke zu kommen, wo sie den Körper hingelegt hatten, entsetzt' er sich vor dem sonst so geliebten Platze. Jene Schwelle, worauf die Nachbarskinder so oft gespielt hatten, war mit Blut besudelt. Liebe und Treue, die schönsten menschlichen Empfindungen, hatten sich in Gewalt und Mord verwandelt. Die starken Bäume standen ohne Laub und bereift, die schönen Hecken, die sich über die niedrige Kirchhofmauer wölbten, waren entblättert, und die Grabsteine sahen mit Schnee bedeckt durch die Lücken hervor.

Als er sich der Schenke näherte, vor welcher das ganze Dorf versammelt war, entstand auf einmal ein Geschrei. Man erblickte von fern einen Trupp bewaffneter Männer, und ein jeder rief, daß man den Täter herbeiführe. Werther sah hin und blieb nicht lange zweifelhaft. Ja! es war der Knecht, der jene Witwe so sehr liebte, den er vor einiger Zeit mit dem stillen Grimme, mit der heimlichen Verzweiflung umhergehend angetroffen hatte.

Was hast du begangen, Unglücklicher! rief Werther aus, indem er auf den Gefangenen losging. – Dieser sah ihn still an, schwieg und versetzte endlich ganz gelassen: Keiner wird sie haben, sie wird keinen haben. – Man brachte den Gefangnen in die Schenke, und Werther eilte fort.

Durch die entsetzliche, gewaltige Berührung war alles,

was in seinem Wesen lag, durcheinandergeschüttelt worden. Aus seiner Trauer, seinem Mißmut, seiner gleichgültigen Hingegebenheit wurde er auf einen Augenblick herausgerissen; unüberwindlich bemächtigte sich die Teilnehmung seiner, und es ergriff ihn eine unsägliche Begierde, den Menschen zu retten. Er fühlte ihn so unglücklich, er fand ihn als Verbrecher selbst so schuldlos, er setzte sich so tief in seine Lage, daß er gewiß glaubte, auch andere davon zu überzeugen. Schon wünschte er für ihn sprechen zu können, schon drängte sich der lebhafteste Vortrag nach seinen Lippen, er eilte nach dem Jagdhause und konnte sich unterwegs nicht enthalten, alles das, was er dem Amtmann vorstellen wollte, schon halb laut auszusprechen.

Als er in die Stube trat, fand er Alberten gegenwärtig, dies verstimmte ihn einen Augenblick; doch faßte er sich bald wieder und trug dem Amtmanne feurig seine Gesinnungen vor. Dieser schüttelte einigemal den Kopf, und obgleich Werther mit der größten Lebhaftigkeit, Leidenschaft und Wahrheit alles vorbrachte, was ein Mensch zur Entschuldigung eines Menschen sagen kann, so war doch, wie sichs leicht denken läßt, der Amtmann dadurch nicht gerührt. Er ließ vielmehr unsern Freund nicht ausreden, widersprach ihm eifrig und tadelte ihn, daß er einen Meuchelmörder in Schutz nehme! er zeigte ihm, daß auf diese Weise jedes Gesetz aufgehoben, alle Sicherheit des Staats zugrund gerichtet werde, auch setzte er hinzu, daß er in einer solchen Sache nichts tun könne, ohne sich die größte Verantwortung aufzuladen, es müsse alles in der Ordnung, in dem vorgeschriebenen Gang bleiben.

Werther ergab sich noch nicht, sondern bat nur, der

Amtmann möchte durch die Finger sehn, wenn man dem Menschen zur Flucht behülflich wäre! Auch damit wies ihn der Amtmann ab. Albert, der sich endlich ins Gespräch mischte, trat auch auf des Alten Seite; Werther wurde überstimmt, und mit einem entsetzlichen Leiden machte er sich auf den Weg, nachdem ihm der Amtmann einigemal gesagt hatte: Nein, er ist nicht zu retten!

Wie sehr ihm diese Worte aufgefallen sein müssen, sehn wir aus einem Zettelchen, das sich unter seinen Papieren fand, und das gewiß an dem nämlichen Tage geschrieben worden:

Du bist nicht zu retten, Unglücklicher! ich sehe wohl, daß wir nicht zu retten sind.

Was Albert zuletzt über die Sache des Gefangenen in Gegenwart des Amtmanns gesprochen, war Werthern höchst zuwider gewesen: er glaubte einige Empfindlichkeit gegen sich darin bemerkt zu haben, und wenn gleich bei mehrerem Nachdenken seinem Scharfsinne nicht entging, daß beide Männer recht haben möchten, so war es ihm doch, als ob er seinem innersten Dasein entsagen müßte, wenn er es gestehen, wenn er es zugeben sollte.

Ein Blättchen, das sich darauf bezieht, das vielleicht sein ganzes Verhältnis zu Albert ausdrückt, finden wir unter seinen Papieren:

Was hilft es, daß ich mirs sage und wieder sage, er ist brav und gut, aber es zerreißt mir mein inneres Eingeweide; ich kann nicht gerecht sein.

Weil es ein gelinder Abend war und das Wetter anfing, sich zum Tauen zu neigen, ging Lotte mit Alberten zu Fuße zurück. Unterwegs sah sie sich hier und da um, eben als wenn sie Werthers Begleitung vermißte. Albert fing von ihm an zu reden, er tadelte ihn, indem er ihm Gerechtigkeit widerfahren ließ. Er berührte seine unglückliche Leidenschaft und wünschte, daß es möglich sein möchte, ihn zu entfernen. – Ich wünsch es auch um unsertwillen, sagt' er, und ich bitte dich, fuhr er fort, siehe zu, seinem Betragen gegen dich eine andere Richtung zu geben, seine öftern Besuche zu vermindern. Die Leute werden aufmerksam, und ich weiß, daß man hier und da drüber gesprochen hat. – Lotte schwieg, und Alberten schien ihr Schweigen empfunden zu haben; wenigstens seit der Zeit erwähnte er Werthers nicht mehr gegen sie, und wenn sie seiner erwähnte, ließ er das Gespräch fallen oder lenkte es wo anders hin.

Der vergebliche Versuch, den Werther zur Rettung des Unglücklichen gemacht hatte, war das letzte Auflodern der Flamme eines verlöschenden Lichtes; er versank nur desto tiefer in Schmerz und Untätigkeit; besonders kam er fast außer sich, als er hörte, daß man ihn vielleicht gar zum Zeugen gegen den Menschen, der sich nun aufs Leugnen legte, auffordern könnte. Alles, was ihm Unangenehmes jemals in seinem wirksamen Leben begegnet war, der Verdruß bei der Gesandtschaft, alles, was ihm sonst mißlungen war, was ihn je gekränkt hatte, ging in seiner Seele auf und nieder. Er fand sich durch alles dieses wie zur Untätigkeit berechtigt, er fand sich abgeschnitten von aller Aussicht, unfähig, irgend eine Handhabe zu ergreifen, mit denen man die Geschäfte des gemeinen Lebens anfaßt, und so rückte er endlich, ganz seiner wunderbaren Empfindung, Denkart und einer endlosen Leidenschaft hingegeben, in dem ewigen Einerlei eines traurigen Umgangs mit dem liebenswürdigen

und geliebten Geschöpfe, dessen Ruhe er störte, in seine Kräfte stürmend, sie ohne Zweck und Aussicht abarbeitend, immer einem traurigen Ende näher.
Von seiner Verworrenheit, Leidenschaft, von seinem rastlosen Treiben und Streben, von seiner Lebensmüde sind einige hinterlaßne Briefe die stärksten Zeugnisse, die wir hier einrücken wollen:

Am 12. Dezember.

Lieber Wilhelm, ich bin in einem Zustande, in dem jene Unglücklichen gewesen sein müssen, von denen man glaubte, sie würden von einem bösen Geiste umhergetrieben. Manchmal ergreift michs; es ist nicht Angst, nicht Begier – es ist ein inneres unbekanntes Toben, das meine Brust zu zerreißen droht, das mir die Gurgel zupreßt! Wehe! wehe! und dann schweife ich umher in den furchtbaren nächtlichen Szenen dieser menschenfeindlichen Jahreszeit.
Gestern abend mußte ich hinaus. Es war plötzlich Tauwetter eingefallen, ich hatte gehört, der Fluß sei übergetreten, alle Bäche geschwollen und von Wahlheim herunter mein liebes Tal überschwemmt! Nachts nach eilfe rannte ich hinaus. Ein fürchterliches Schauspiel, vom Fels herunter die wühlenden Fluten in dem Mondlichte wirbeln zu sehen, über Äcker und Wiesen und Hecken und alles, und das weite Tal hinauf und hinab Eine stürmende See im Sausen des Windes! Und wenn dann der Mond wieder hervortrat und über der schwarzen Wolke ruhte und vor mir hinaus die Flut in fürchterlich herrlichem Widerschein rollte und klang: da überfiel mich ein Schauer und wieder ein Sehnen! Ach, mit offnen Armen stand ich gegen den Abgrund und atmete hinab! hinab! und verlor mich in der Wonne, meine Qualen, mein Leiden da hinab-

zustürmen! dahinzubrausen wie die Wellen! Oh! – und den Fuß vom Boden zu heben vermochtest du nicht und alle Qualen zu enden! – Meine Uhr ist noch nicht ausgelaufen, ich fühle es! O Wilhelm! Wie gern hätte ich mein Menschsein drum gegeben, mit jenem Sturmwinde die Wolken zu zerreißen, die Fluten zu fassen! Ha! und wird nicht vielleicht dem Eingekerkerten einmal diese Wonne zuteil? –

Und wie ich wehmütig hinabsah auf ein Plätzchen, wo ich mit Lotten unter einer Weide geruht, auf einem heißen Spaziergange, – das war auch überschwemmt, und kaum daß ich die Weide erkannte! Wilhelm! Und ihre Wiesen, dachte ich, die Gegend um ihr Jagdhaus! wie verstört jetzt vom reißenden Strome unsere Laube! dacht ich. Und der Vergangenheit Sonnenstrahl blickte herein wie einem Gefangenen ein Traum von Herden, Wiesen und Ehrenämtern! Ich stand! – Ich schelte mich nicht, denn ich habe Mut zu sterben. – Ich hätte – Nun sitze ich hier wie ein altes Weib, das ihr Holz von Zäunen stoppelt und ihr Brot an den Türen, um ihr hinsterbendes freudeloses Dasein noch einen Augenblick zu verlängern und zu erleichtern.

Am 14. Dezember.

Was ist das, mein Lieber? Ich erschrecke vor mir selbst! Ist nicht meine Liebe zu ihr die heiligste, reinste, brüderlichste Liebe? Habe ich jemals einen strafbaren Wunsch in meiner Seele gefühlt? – Ich will nicht beteuern – Und nun, Träume! O wie wahr fühlten die Menschen, die so widersprechende Wirkungen fremden Mächten zuschrieben! Diese Nacht! ich zittere, es zu sagen, hielt ich sie in meinen Armen, fest an meinen Busen gedrückt, und deckte ihren liebelispelnden

Mund mit unendlichen Küssen; mein Auge schwamm in der Trunkenheit des ihrigen! Gott! bin ich strafbar, daß ich auch jetzt noch eine Seligkeit fühle, mir diese glühenden Freuden mit voller Innigkeit zurückzurufen? Lotte! Lotte! – Und mit mir ist es aus! meine Sinnen verwirren sich, schon acht Tage habe ich keine Besinnungskraft mehr, meine Augen sind voll Tränen. Ich bin nirgend wohl und überall wohl. Ich wünsche nichts, ich verlange nichts. Mir wäre besser, ich ginge.

Der Entschluß, die Welt zu verlassen, hatte in dieser Zeit, unter solchen Umständen in Werthers Seele immer mehr Kraft gewonnen. Seit der Rückkehr zu Lotten war es immer seine letzte Aussicht und Hoffnung gewesen; doch hatte er sich gesagt, es solle keine übereilte, keine rasche Tat sein, er wolle mit der besten Überzeugung, mit der möglichst ruhigen Entschlossenheit diesen Schritt tun.

Seine Zweifel, sein Streit mit sich selbst blicken aus einem Zettelchen hervor, das wahrscheinlich ein angefangener Brief an Wilhelm ist und ohne Datum unter seinen Papieren gefunden worden:

Ihre Gegenwart, ihr Schicksal, ihre Teilnehmung an dem meinigen preßt noch die letzten Tränen aus meinem versengten Gehirne.

Den Vorhang aufzuheben und dahinterzutreten! Das ist alles! Und warum das Zaudern und Zagen? Weil man nicht weiß, wie es dahinten aussieht? und man nicht wiederkehrt? Und daß das nun die Eigenschaft unseres Geistes ist, da Verwirrung und Finsternis zu ahnen, wovon wir nichts Bestimmtes wissen. –

Endlich ward er mit dem traurigen Gedanken immer mehr verwandt und befreundet, und sein Vorsatz fest und unwiderruflich, wovon folgender zweideutige Brief, den er an seinen Freund schrieb, ein Zeugnis abgibt:

Am 20. Dezember.

Ich danke deiner Liebe, Wilhelm, daß du das Wort so aufgefangen hast. Ja, du hast recht: mir wäre besser, ich ginge. Der Vorschlag, den du zu einer Rückkehr zu euch tust, gefällt mir nicht ganz; wenigstens möchte ich noch gern einen Umweg machen, besonders da wir anhaltenden Frost und gute Wege zu hoffen haben. Auch ist mir es sehr lieb, daß du kommen willst, mich abzuholen; verziehe nur noch vierzehn Tage und erwarte noch einen Brief von mir mit dem Weiteren. Es ist nötig, daß nichts gepflückt werde, ehe es reif ist. Und vierzehn Tage auf oder ab tun viel. Meiner Mutter sollst du sagen: daß sie für ihren Sohn beten soll und daß ich sie um Vergebung bitte wegen alles Verdrusses, den ich ihr gemacht habe. Das war nun mein Schicksal, die zu betrüben, denen ich Freude schuldig war. Leb wohl, mein Teuerster! Allen Segen des Himmels über dich! Leb wohl!

Was in dieser Zeit in Lottens Seele vorging, wie ihre Gesinnungen gegen ihren Mann, gegen ihren unglücklichen Freund gewesen, getrauen wir uns kaum mit Worten auszudrücken, ob wir uns gleich davon, nach der Kenntnis ihres Charakters, wohl einen stillen Begriff machen können und eine schöne weibliche Seele sich in die ihrige denken und mit ihr empfinden kann. Soviel ist gewiß, sie war fest bei sich entschlossen, alles zu tun, um Werthern zu entfernen, und wenn sie zauderte, so war es eine herzliche, freundschaftliche Schonung, weil sie wußte, wie viel es ihm kosten, ja daß es ihm beinahe unmöglich sein würde. Doch ward sie in dieser Zeit mehr gedrängt, Ernst zu machen; es schwieg ihr Mann ganz über dies Verhältnis, wie sie auch immer darüber geschwiegen hatte, und um so mehr war ihr angelegen, ihm durch die Tat zu beweisen, wie ihre Gesinnungen der seinigen wert seien.

An demselben Tage, als Werther den zuletzt eingeschalteten Brief an seinen Freund geschrieben, es war der Sonntag vor Weihnachten, kam er abends zu Lotten und fand sie allein. Sie beschäftigte sich, einige Spielwerke in Ordnung zu bringen, die sie ihren kleinen Geschwistern zum Christgeschenke zurechtgemacht hatte. Er redete von dem Vergnügen, das die Kleinen haben würden, und von den Zeiten, da einen die unerwartete Öffnung der Tür und die Erscheinung eines aufgeputzten Baumes mit Wachslichtern, Zukkerwerk und Äpfeln in paradiesische Entzückung setzte. – Sie sollen, sagte Lotte, indem sie ihre Verlegenheit unter ein liebes Lächeln verbarg, Sie sollen auch beschert kriegen, wenn Sie recht geschickt sind; ein Wachsstöckchen und noch was. – Und was heißen Sie geschickt sein? rief er aus; wie soll ich sein? wie kann ich sein? beste Lotte! – Donnerstag abend, sagte sie, ist Weihnachtsabend, da kommen die Kinder, mein Vater auch, da kriegt jedes das seinige, da kommen Sie auch – aber nicht eher. – Werther stutzte. – Ich bitte Sie, fuhr sie fort, es ist nun einmal so, ich bitte Sie um meiner Ruhe willen, es kann nicht, es kann nicht so bleiben. – Er wendete seine Augen von ihr und ging in der Stube auf und ab und murmelte das: ›Es kann nicht so bleiben!‹ zwischen den Zähnen. Lotte, die den schrecklichen Zustand fühlte, worein ihn diese Worte versetzt hatten, suchte durch allerlei Fragen seine Gedanken abzulenken, aber vergebens. –

Nein, Lotte, rief er aus, ich werde Sie nicht wiedersehen! – Warum das? versetzte sie, Werther, Sie können, Sie müssen uns wiedersehen, nur mäßigen Sie sich. O, warum mußten Sie mit dieser Heftigkeit, dieser unbezwinglich haftenden Leidenschaft für alles, was Sie einmal anfassen, geboren werden! Ich bitte Sie, fuhr sie fort, indem sie ihn bei der Hand nahm, mäßigen Sie sich! Ihr Geist, Ihre Wissenschaften, Ihre Talente, was bieten die Ihnen für mannigfaltige Ergetzungen dar! Sein Sie ein Mann! Wenden Sie diese traurige Anhänglichkeit von einem Geschöpf, das nichts tun kann als Sie bedauern. – Er knirrte mit den Zähnen und sah sie düster an. Sie hielt seine Hand: Nur einen Augenblick ruhigen Sinn, Werther! sagte sie. Fühlen Sie nicht, daß Sie sich betrügen, sich mit Willen zugrunde richten! Warum denn mich, Werther? just mich, das Eigentum eines andern? just das? Ich fürchte, ich fürchte, es ist nur die Unmöglichkeit, mich zu besitzen, die Ihnen diesen Wunsch so reizend macht. – Er zog seine Hand aus der ihrigen, indem er sie mit einem starren, unwilligen Blick ansah. – Weise! rief er, sehr weise! hat vielleicht Albert diese Anmerkung gemacht? Politisch! sehr politisch! – Es kann sie jeder machen, versetzte sie drauf. Und sollte denn in der weiten Welt kein Mädchen sein, das die Wünsche Ihres Herzens erfüllte? Gewinnen Sie's über sich, suchen Sie darnach, und ich schwöre Ihnen, Sie werden sie finden; denn schon lange ängstet mich, für Sie und uns, die Einschränkung, in die Sie sich diese Zeit her selbst gebannt haben. Gewinnen Sie es über sich! eine Reise wird Sie, muß sie zerstreuen! Suchen Sie, finden Sie einen werten Gegenstand Ihrer Liebe und kehren Sie zurück, und lassen Sie uns zusammen die Seligkeit einer wahren Freundschaft genießen.

Das könnte man, sagte er mit einem kalten Lachen, drucken lassen und allen Hofmeistern empfehlen. Liebe Lotte! lassen Sie mir noch ein klein wenig Ruh, es wird alles werden! – Nur das, Werther, daß Sie nicht eher kommen als Weihnachtsabend! – Er wollte antworten, und Albert trat in die Stube. Man bot sich einen frostigen Guten Abend und ging verlegen im Zimmer neben einander auf und nieder. Werther fing einen unbedeutenden Diskurs an, der bald aus war, Albert desgleichen, der sodann seine Frau nach gewissen Aufträgen fragte und, als er hörte, sie seien noch nicht ausgerichtet, ihr einige Worte sagte, die Werthern kalt, ja gar hart vorkamen. Er wollte gehen, er konnte nicht und zauderte bis acht, da sich denn sein Unmut und Unwillen immer vermehrte, bis der Tisch gedeckt wurde und er Hut und Stock nahm. Albert lud ihn zu bleiben, er aber, der nur ein unbedeutendes Kompliment zu hören glaubte, dankte kalt dagegen und ging weg.

Er kam nach Hause, nahm seinem Burschen, der ihm leuchten wollte, das Licht aus der Hand und ging allein in sein Zimmer, weinte laut, redete aufgebracht mit sich selbst, ging heftig die Stube auf und ab und warf sich endlich in seinen Kleidern aufs Bette, wo ihn der Bediente fand, der es gegen eilfe wagte hineinzugehen, um zu fragen, ob er dem Herrn die Stiefeln ausziehen sollte? das er denn zuließ und dem Bedienten verbot, den andern Morgen ins Zimmer zu kommen, bis er ihm rufen würde.

Montags früh, den einundzwanzigsten Dezember, schrieb er folgenden Brief an Lotten, den man nach seinem Tode versiegelt auf seinem Schreibtische gefunden und ihr überbracht hat und den ich absatzweise hier einrücken will, so wie aus den Umständen erhellet, daß er ihn geschrieben habe.

Es ist beschlossen, Lotte, ich will sterben, und das schreibe ich dir ohne romantische Überspannung, gelassen, an dem Morgen des Tages, an dem ich dich zum letzten Male sehen werde. Wenn du dieses liesest, meine Beste, deckt schon das kühle Grab die erstarrten Reste des Unruhigen, Unglücklichen, der für die letzten Augenblicke seines Lebens keine größere Süßigkeit weiß, als sich mit dir zu unterhalten. Ich habe eine schreckliche Nacht gehabt und ach! eine wohltätige Nacht. Sie ist es, die meinen Entschluß befestigt, bestimmt hat: ich will sterben! Wie ich mich gestern von dir riß, in der fürchterlichen Empörung meiner Sinnen, wie sich alles das nach meinem Herzen drängte und mein hoffnungsloses, freudeloses Dasein neben dir in gräßlicher Kälte mich anpackte – ich erreichte kaum mein Zimmer, ich warf mich außer mir auf meine Knie, und o Gott! du gewährtest mir das letzte Labsal der bittersten Tränen! Tausend Anschläge, tausend Aussichten wüteten durch meine Seele, und zuletzt stand er da, fest, ganz, der letzte, einzige Gedanke: ich will sterben! – Ich legte mich nieder, und morgens, in der Ruhe des Erwachens, steht er noch fest, noch ganz stark in meinem Herzen: ich will sterben! – Es ist nicht Verzweiflung, es ist Gewißheit, daß ich ausgetragen habe und daß ich mich opfere für dich. Ja, Lotte! warum sollte ich es verschweigen? Eins von uns dreien muß hinweg, und das will ich sein! O meine Beste! in diesem zerrissenen Herzen ist es wütend herumgeschlichen, oft – deinen Mann zu ermorden! – dich! – mich! – So sei es! – Wenn du hinaufsteigst auf den Berg, an einem schönen

Sommerabende, dann erinnere dich meiner, wie ich so oft das Tal heraufkam, und dann blicke nach dem Kirchhofe hinüber nach meinem Grabe, wie der Wind das hohe Gras im Scheine der sinkenden Sonne hin- und herwiegt – Ich war ruhig, da ich anfing; nun, nun weine ich wie ein Kind, da alles das so lebhaft um mich wird. –

Gegen zehn Uhr rief Werther seinem Bedienten, und unter dem Anziehen sagte er ihm: wie er in einigen Tagen verreisen würde, er solle daher die Kleider auskehren und alles zum Einpacken zurechtmachen; auch gab er ihm Befehl, überall Kontos zu fordern, einige ausgeliehene Bücher abzuholen und einigen Armen, denen er wöchentlich etwas zu geben gewohnt war, ihr Zugeteiltes auf zwei Monate voraus zu bezahlen.

Er ließ sich das Essen auf die Stube bringen, und nach Tische ritt er hinaus zum Amtmanne, den er nicht zu Hause antraf. Er ging tiefsinnig im Garten auf und ab und schien noch zuletzt alle Schwermut der Erinnerung auf sich häufen zu wollen.

Die Kleinen ließen ihn nicht lange in Ruhe, sie verfolgten ihn, sprangen an ihm hinauf, erzählten ihm: daß, wenn morgen, und wieder morgen, und noch ein Tag wäre, sie die Christgeschenke bei Lotten holten, und erzählten ihm Wunder, die sich ihre kleine Einbildungskraft versprach. – Morgen! rief er aus, und wieder morgen! und noch ein Tag! – und küßte sie alle herzlich und wollte sie verlassen, als ihm der Kleine noch etwas in das Ohr sagen wollte. Der verriet ihm, die großen Brüder hätten schöne Neujahrswünsche geschrieben, *so* groß! und einen für den Papa, für Albert und Lotte einen und auch einen für Herrn

Werther; die wollten sie am Neujahrstage früh überreichen. Das übermannte ihn, er schenkte jedem etwas, setzte sich zu Pferde, ließ den Alten grüßen und ritt mit Tränen in den Augen davon.
Gegen fünf kam er nach Hause, befahl der Magd, nach dem Feuer zu sehen und es bis in die Nacht zu unterhalten. Den Bedienten hieß er Bücher und Wäsche unten in den Koffer packen und die Kleider einnähen. Darauf schrieb er wahrscheinlich folgenden Absatz seines letzten Briefes an Lotten:

Du erwartest mich nicht! du glaubst, ich würde gehorchen und erst Weihnachtsabend dich wiedersehn. O, Lotte! heut oder nie mehr. Weihnachtsabend hältst du dieses Papier in deiner Hand, zitterst und benetzest es mit deinen lieben Tränen. Ich will, ich muß! O, wie wohl ist es mir, daß ich entschlossen bin. –

Lotte war indes in einen sonderbaren Zustand geraten. Nach der letzten Unterredung mit Werthern hatte sie empfunden, wie schwer es ihr fallen werde, sich von ihm zu trennen, was er leiden würde, wenn er sich von ihr entfernen sollte.
Es war wie im Vorübergehn in Alberts Gegenwart gesagt worden, daß Werther vor Weihnachtsabend nicht wiederkommen werde, und Albert war zu einem Beamten in der Nachbarschaft geritten, mit dem er Geschäfte abzutun hatte und wo er über Nacht ausbleiben mußte.
Sie saß nun allein, keins von ihren Geschwistern war um sie, sie überließ sich ihren Gedanken, die stille über ihren Verhältnissen herumschweiften. Sie sah sich nun mit dem Mann auf ewig verbunden, dessen Liebe und Treue sie kannte, dem sie von Herzen zu-

getan war, dessen Ruhe, dessen Zuverlässigkeit recht vom Himmel dazu bestimmt zu sein schien, daß eine wackere Frau das Glück ihres Lebens darauf gründen sollte; sie fühlte, was er ihr und ihren Kindern auf immer sein würde. Auf der andern Seite war ihr Werther so teuer geworden, gleich von dem ersten Augenblick ihrer Bekanntschaft an hatte sich die Übereinstimmung ihrer Gemüter so schön gezeigt, der lange dauernde Umgang mit ihm, so manche durchlebten Situationen hatten einen unauslöschlichen Eindruck auf ihr Herz gemacht. Alles, was sie Interessantes fühlte und dachte, war sie gewohnt mit ihm zu teilen, und seine Entfernung drohete in ihr ganzes Wesen eine Lücke zu reißen, die nicht wieder ausgefüllt werden konnte. O, hätte sie ihn in dem Augenblick zum Bruder umwandeln können! wie glücklich wäre sie gewesen! – hätte sie ihn einer ihrer Freundinnen verheiraten dürfen, hätte sie hoffen können, auch sein Verhältnis gegen Albert ganz wieder herzustellen!

Sie hatte ihre Freundinnen der Reihe nach durchgedacht und fand bei einer jeglichen etwas auszusetzen, fand keine, der sie ihn gegönnt hätte.

Über allen diesen Betrachtungen fühlte sie erst tief, ohne sich es deutlich zu machen, daß ihr herzliches heimliches Verlangen sei, ihn für sich zu behalten, und sagte sich daneben, daß sie ihn nicht behalten könne, behalten dürfe; ihr reines, schönes, sonst so leichtes und leicht sich helfendes Gemüt empfand den Druck einer Schwermut, dem die Aussicht zum Glück verschlossen ist. Ihr Herz war gepreßt, und eine trübe Wolke lag über ihrem Auge.

So war es halb sieben geworden, als sie Werthern die Treppe heraufkommen hörte und seinen Tritt, seine

Stimme, die nach ihr fragte, bald erkannte. Wie schlug ihr Herz, und wir dürfen fast sagen zum ersten Mal, bei seiner Ankunft. Sie hätte sich gern vor ihm verleugnen lassen, und als er hereintrat, rief sie ihm mit einer Art von leidenschaftlicher Verwirrung entgegen: Sie haben nicht Wort gehalten. – Ich habe nichts versprochen, war seine Antwort. – So hätten Sie wenigstens meiner Bitte stattgeben sollen, versetzte sie, ich bat Sie um unser beider Ruhe.
Sie wußte nicht recht, was sie sagte, ebensowenig was sie tat, als sie nach einigen Freundinnen schickte, um nicht mit Werthern allein zu sein. Er legte einige Bücher hin, die er gebracht hatte, fragte nach andern, und sie wünschte, bald daß ihre Freundinnen kommen, bald daß sie wegbleiben möchten. Das Mädchen kam zurück und brachte die Nachricht, daß sich beide entschuldigen ließen.
Sie wollte das Mädchen mit ihrer Arbeit in das Nebenzimmer sitzen lassen; dann besann sie sich wieder anders. Werther ging in der Stube auf und ab, sie trat ans Klavier und fing eine Menuett an, sie wollte nicht fließen. Sie nahm sich zusammen und setzte sich gelassen zu Werthern, der seinen gewöhnlichen Platz auf dem Kanapee eingenommen hatte.
Haben Sie nichts zu lesen? sagte sie. – Er hatte nichts. – Da drin in meiner Schublade, fing sie an, liegt Ihre Übersetzung einiger Gesänge Ossians; ich habe sie noch nicht gelesen, denn ich hoffte immer, sie von Ihnen zu hören; aber zeither hat sichs nicht finden, nicht machen wollen. – Er lächelte, holte die Lieder, ein Schauer überfiel ihn, als er sie in die Hände nahm, und die Augen standen ihm voll Tränen, als er hineinsah. Er setzte sich nieder und las:

Stern der dämmernden Nacht, schön funkelst du in Westen, hebst dein strahlend Haupt aus deiner Wolke, wandelst stattlich deinen Hügel hin. Wornach blickst du auf die Heide? Die stürmenden Winde haben sich gelegt; von ferne kommt des Gießbachs Murmeln; rauschende Wellen spielen am Felsen ferne; das Gesumme der Abendfliegen schwärmt übers Feld. Wornach siehst du, schönes Licht? Aber du lächelst und gehst, freudig umgeben dich die Wellen und baden dein liebliches Haar. Lebe wohl, ruhiger Strahl. Erscheine, du herrliches Licht von Ossians Seele!

Und es erscheint in seiner Kraft. Ich sehe meine geschiedenen Freunde, sie sammeln sich auf Lora, wie in den Tagen, die vorüber sind. – Fingal kommt wie eine feuchte Nebelsäule; um ihn sind seine Helden, und, siehe! die Barden des Gesanges: Grauer Ullin! stattlicher Ryno! Alpin, lieblicher Sänger! und du, sanft klagende Minona! – Wie verändert seid ihr, meine Freunde, seit den festlichen Tagen auf Selma, da wir buhlten um die Ehre des Gesanges, wie Frühlingslüfte den Hügel hin wechselnd beugen das schwach lispelnde Gras.

Da trat Minona hervor in ihrer Schönheit, mit niedergeschlagenem Blick und tränenvollem Auge, schwer floß ihr Haar im unsteten Winde, der von dem Hügel herstieß. – Düster wards in der Seele der Helden, als sie die liebliche Stimme erhob; denn oft hatten sie das Grab Salgars gesehen, oft die finstere Wohnung der weißen Colma. Colma, verlassen auf dem Hügel, mit der harmonischen Stimme; Salgar versprach zu kommen; aber ringsum zog sich die Nacht. Höret Colmas Stimme, da sie auf dem Hügel allein saß.

Colma:

Es ist Nacht! – ich bin allein, verloren auf dem stürmischen Hügel. Der Wind saust im Gebirge. Der Strom heult den Felsen hinab. Keine Hütte schützt mich vor dem Regen, mich Verlaßne auf dem stürmischen Hügel.

Tritt, o Mond, aus deinen Wolken! erscheinet, Sterne der Nacht! Leite mich irgendein Strahl zu dem Orte, wo meine Liebe ruht von den Beschwerden der Jagd, sein Bogen neben ihm abgespannt, seine Hunde schnobend um ihn! Aber hier muß ich sitzen allein auf dem Felsen des verwachsenen Stroms. Der Strom und der Sturm saust, ich höre nicht die Stimme meines Geliebten.

Warum zaudert mein Salgar? Hat er sein Wort vergessen? – Da ist der Fels und der Baum und hier der rauschende Strom! Mit einbrechender Nacht versprachst du hier zu sein; ach! wohin hat sich mein Salgar verirrt? Mit dir wollt ich fliehen, verlassen Vater und Bruder! die Stolzen! Lange sind unsere Geschlechter Feinde, aber wir sind keine Feinde, o Salgar!

Schweig eine Weile, o Wind! still eine kleine Weile, o Strom! daß meine Stimme klinge durchs Tal, daß mein Wanderer mich höre. Salgar! ich bins, die ruft! Hier ist der Baum und der Fels! Salgar! mein Lieber! hier bin ich; warum zauderst du zu kommen?

Sieh, der Mond erscheint, die Flut glänzt im Tale, die Felsen stehen grau den Hügel hinauf; aber ich seh ihn nicht auf der Höhe, seine Hunde vor ihm her verkündigen nicht seine Ankunft. Hier muß ich sitzen allein.

Aber wer sind, die dort unten liegen auf der Heide? – Mein Geliebter? Mein Bruder? – Redet, o meine

Freunde! Sie antworten nicht. Wie geängstet ist meine Seele! – Ach sie sind tot! Ihre Schwerter rot vom Gefechte! O mein Bruder, mein Bruder! warum hast du meinen Salgar erschlagen? O mein Salgar! warum hast du meinen Bruder erschlagen? Ihr wart mir beide so lieb! O du warst schön an dem Hügel unter Tausenden! Er war schrecklich in der Schlacht. Antwortet mir! hört meine Stimme, meine Geliebten! Aber ach! sie sind stumm! stumm auf ewig! kalt, wie die Erde, ist ihr Busen!

O, von dem Felsen des Hügels, von dem Gipfel des stürmenden Berges, redet, Geister der Toten! redet! mir soll es nicht grausen! – Wohin seid ihr zur Ruhe gegangen? in welcher Gruft des Gebirges soll ich euch finden! – Keine schwache Stimme vernehme ich im Winde, keine wehende Antwort im Sturme des Hügels. Ich sitze in meinem Jammer, ich harre auf den Morgen in meinen Tränen. Wühlet das Grab, ihr Freunde der Toten, aber schließt es nicht, bis ich komme. Mein Leben schwindet wie ein Traum, wie sollt' ich zurückbleiben. Hier will ich wohnen mit meinen Freunden an dem Strome des klingenden Felsens – Wenns Nacht wird auf dem Hügel und Wind kommt über die Heide, soll mein Geist im Winde stehn und trauern den Tod meiner Freunde. Der Jäger hört mich aus seiner Laube, fürchtet meine Stimme und liebt sie; denn süß soll meine Stimme sein um meine Freunde, sie waren mir beide so lieb!

Das war dein Gesang, o Minona, Tormans sanft errötende Tochter. Unsere Tränen flossen um Colma, und unsere Seele ward düster.

Ullin trat auf mit der Harfe und gab uns Alpins Gesang – Alpins Stimme war freundlich, Rynos Seele ein

Feuerstrahl. Aber schon ruhten sie im engen Hause, und ihre Stimme war verhallet in Selma. Einst kehrte Ullin zurück von der Jagd, ehe die Helden noch fielen. Er hörte ihren Wettegesang auf dem Hügel. Ihr Lied war sanft, aber traurig. Sie klagten Morars Fall, des ersten der Helden. Seine Seele war wie Fingals Seele, sein Schwert wie das Schwert Oskars – Aber er fiel, und sein Vater jammerte, und seiner Schwester Augen waren voll Tränen, Minonas Augen waren voll Tränen, der Schwester des herrlichen Morars. Sie trat zurück vor Ullins Gesang, wie der Mond in Westen, der den Sturmregen voraussieht und sein schönes Haupt in eine Wolke verbirgt. – Ich schlug die Harfe mit Ullin zum Gesange des Jammers.

Ryno:

Vorbei sind Wind und Regen, der Mittag ist so heiter, die Wolken teilen sich. Fliehend bescheint den Hügel die unbeständige Sonne. Rötlich fließt der Strom des Berges im Tale hin. Süß ist dein Murmeln, Strom; doch süßer die Stimme, die ich höre. Es ist Alpins Stimme, er bejammert den Toten. Sein Haupt ist vor Alter gebeugt, und rot sein tränendes Auge. Alpin! trefflicher Sänger! warum allein auf dem schweigenden Hügel? warum jammerst du wie ein Windstoß im Walde, wie eine Welle am fernen Gestade?

Alpin:

Meine Tränen, Ryno, sind für den Toten, meine Stimme für die Bewohner des Grabs. Schlank bist du auf dem Hügel, schön unter den Söhnen der Heide. Aber du wirst fallen wie Morar, und auf deinem Grabe der Trauernde sitzen. Die Hügel werden dich vergessen, dein Bogen in der Halle liegen ungespannt.

Du warst schnell, o Morar, wie ein Reh auf dem Hügel, schrecklich wie die Nachtfeuer am Himmel. Dein Grimm war ein Sturm, dein Schwert in der Schlacht wie Wetterleuchten über der Heide. Deine Stimme glich dem Waldstrome nach dem Regen, dem Donner auf fernen Hügeln. Manche fielen vor deinem Arm, die Flamme deines Grimms verzehrte sie. Aber wenn du wiederkehrtest vom Kriege, wie friedlich war deine Stirne! dein Angesicht war gleich der Sonne nach dem Gewitter, gleich dem Monde in der schweigenden Nacht, ruhig deine Brust wie der See, wenn sich des Windes Brausen gelegt hat.

Eng ist nun deine Wohnung! finster deine Stätte! mit drei Schritten meß ich dein Grab, o du! der du ehe so groß warst! vier Steine mit moosigen Häuptern sind dein einziges Gedächtnis, ein entblätterter Baum, langes Gras, das im Winde wispelt, deutet dem Auge des Jägers das Grab des mächtigen Morars. Keine Mutter hast du, dich zu beweinen, kein Mädchen mit Tränen der Liebe. Tot ist, die dich gebar, gefallen die Tochter von Morglan.

Wer auf seinem Stabe ist das? Wer ist es, dessen Haupt weiß ist vor Alter, dessen Augen rot sind von Tränen? Es ist dein Vater, o Morar! der Vater keines Sohnes außer dir. Er hörte von deinem Ruf in der Schlacht, er hörte von zerstobenen Feinden; er hörte Morars Ruhm! Ach! nichts von seiner Wunde? Weine, Vater Morars! weine! aber dein Sohn hört dich nicht. Tief ist der Schlaf der Toten, niedrig ihr Kissen von Staube. Nimmer achtet er auf die Stimme, nie erwacht er auf deinen Ruf. O, wann wird es Morgen im Grabe, zu bieten dem Schlummerer: Erwache!

Lebe wohl! edelster der Menschen, du Eroberer im Felde! Aber nimmer wird dich das Feld sehen! Nimmer

der düstere Wald leuchten vom Glanze deines Stahls. Du hinterließest keinen Sohn, aber der Gesang soll deinen Namen erhalten, künftige Zeiten sollen von dir hören, hören von dem gefallenen Morar.
Laut war die Trauer der Helden, am lautesten Armins berstender Seufzer. Ihn erinnerte es an den Tod seines Sohnes, er fiel in den Tagen der Jugend. Carmor saß nah bei dem Helden, der Fürst des hallenden Galmal. Warum schluchzet der Seufzer Armins? sprach er, was ist hier zu weinen? Klingt nicht Lied und Gesang, die Seele zu schmelzen und zu ergetzen? sie sind wie sanfter Nebel, der steigend vom See aufs Tal sprüht, und die blühenden Blumen füllet das Naß; aber die Sonne kommt wieder in ihrer Kraft, und der Nebel ist gegangen. Warum bist du so jammervoll, Armin, Herrscher des seeumflossenen Gorma?
Jammervoll! Wohl, das bin ich, und nicht gering die Ursache meines Wehs. – Carmor, du verlorst keinen Sohn, verlorst keine blühende Tochter; Colgar, der Tapfere, lebt, und Annira, die schönste der Mädchen. Die Zweige deines Hauses blühen, o Carmor; aber Armin ist der Letzte seines Stammes. Finster ist dein Bett, o Daura! dumpf ist dein Schlaf im Grabe – Wann erwachst du mit deinen Gesängen, mit deiner melodischen Stimme? Auf! ihr Winde des Herbstes! auf! stürmt über die finstere Heide! Waldströme, braust! heult, Stürme, im Gipfel der Eichen! Wandle durch gebrochene Wolken, o Mond, zeige wechselnd dein bleiches Gesicht! Erinnre mich der schrecklichen Nacht, da meine Kinder umkamen, da Arindal, der Mächtige, fiel, Daura, die Liebe, verging.
Daura, meine Tochter, du warst schön! schön wie der Mond auf den Hügeln von Fura, weiß wie der gefallene Schnee, süß wie die atmende Luft! Arindal, dein

Bogen war stark, dein Speer schnell auf dem Felde, dein Blick wie Nebel auf der Welle, dein Schild eine Feuerwolke im Sturme!
Armar, berühmt im Kriege, kam und warb um Dauras Liebe; sie widerstand nicht lange. Schön waren die Hoffnungen ihrer Freunde.
Erath, der Sohn Odgals, grollte, denn sein Bruder lag erschlagen von Armar. Er kam, in einen Schiffer verkleidet. Schön war sein Nachen auf der Welle, weiß seine Locken vor Alter, ruhig sein ernstes Gesicht. Schönste der Mädchen, sagte er, liebliche Tochter von Armin, dort am Felsen, nicht fern in der See, wo die rote Frucht vom Baume herblinkt, dort wartet Armar auf Daura; ich komme, seine Liebe zu führen über die rollende See.
Sie folgt' ihm und rief nach Armar; nichts antwortete als die Stimme des Felsens. Armar! mein Lieber! mein Lieber! warum ängstest du mich so? Höre, Sohn Arnaths! höre! Daura ists, die dich ruft!
Erath, der Verräter, floh lachend zum Lande. Sie erhob ihre Stimme, rief nach ihrem Vater und Bruder: Arindal! Armin! Ist keiner, seine Daura zu retten?
Ihre Stimme kam über die See. Arindal, mein Sohn, stieg vom Hügel herab, rauh in der Beute der Jagd, seine Pfeile rasselten an seiner Seite, seinen Bogen trug er in der Hand, fünf schwarzgraue Doggen waren um ihn. Er sah den kühnen Erath am Ufer, faßte und band ihn an die Eiche, fest umflocht er seine Hüften, der Gefesselte füllte mit Ächzen die Winde.
Arindal betritt die Wellen in seinem Boote, Daura herüberzubringen. Armar kam in seinem Grimme, drückt' ab den graubefiederten Pfeil, er klang, er sank in dein Herz, o Arindal, mein Sohn! Statt Erath, des Verräters, kamst du um, das Boot erreichte den Felsen,

er sank dran nieder und starb. Zu deinen Füßen floß deines Bruders Blut, welch war dein Jammer, o Daura! Die Wellen zerschmetterten das Boot. Armar stürzte sich in die See, seine Daura zu retten oder zu sterben. Schnell stürmte ein Stoß vom Hügel in die Wellen, er sank und hob sich nicht wieder.
Allein auf dem seebespülten Felsen hörte ich die Klagen meiner Tochter. Viel und laut war ihr Schreien, doch konnte sie ihr Vater nicht retten. Die ganze Nacht stand ich am Ufer, ich sah sie im schwachen Strahle des Mondes, die ganze Nacht hörte ich ihr Schreien, laut war der Wind, und der Regen schlug scharf nach der Seite des Berges. Ihre Stimme ward schwach, ehe der Morgen erschien, sie starb weg wie die Abendluft zwischen dem Grase der Felsen. Beladen mit Jammer starb sie und ließ Armin allein! Dahin ist meine Stärke im Kriege, gefallen mein Stolz unter den Mädchen.
Wenn die Stürme des Berges kommen, wenn der Nord die Wellen hoch hebt, sitze ich am schallenden Ufer, schaue nach dem schrecklichen Felsen. Oft im sinkenden Monde sehe ich die Geister meiner Kinder, halb dämmernd wandeln sie zusammen in trauriger Eintracht. – –
Ein Strom von Tränen, der aus Lottens Augen brach und ihrem gepreßten Herzen Luft machte, hemmte Werthers Gesang. Er warf das Papier hin, faßte ihre Hand und weinte die bittersten Tränen. Lotte ruhte auf der andern und verbarg ihre Augen ins Schnupftuch. Die Bewegung beider war fürchterlich. Sie fühlten ihr eignes Elend in dem Schicksale der Edlen, fühlten es zusammen, und ihre Tränen vereinigten sie. Die Lippen und Augen Werthers glühten an Lottens Arme; ein Schauer überfiel sie; sie wollte sich ent-

fernen, und Schmerz und Anteil lagen betäubend wie Blei auf ihr. Sie atmete, sich zu erholen, und bat ihn schluchzend, fortzufahren, bat mit der ganzen Stimme des Himmels! Werther zitterte, sein Herz wollte bersten, er hob das Blatt auf und las halb gebrochen:

Warum weckst du mich, Frühlingsluft? Du buhlst und sprichst: Ich betaue mit Tropfen des Himmels! Aber die Zeit meines Welkens ist nahe, nahe der Sturm, der meine Blätter herabstört! Morgen wird der Wanderer kommen, kommen der mich sah in meiner Schönheit, ringsum wird sein Auge im Felde mich suchen und wird mich nicht finden. –

Die ganze Gewalt dieser Worte fiel über den Unglücklichen. Er warf sich vor Lotten nieder in der vollsten Verzweiflung, faßte ihre Hände, drückte sie in seine Augen, wider seine Stirn, und ihr schien eine Ahnung seines schrecklichen Vorhabens durch die Seele zu fliegen. Ihre Sinnen verwirrten sich, sie drückte seine Hände, drückte sie wider ihre Brust, neigte sich mit einer wehmütigen Bewegung zu ihm, und ihre glühenden Wangen berührten sich. Die Welt verging ihnen. Er schlang seine Arme um sie her, preßte sie an seine Brust und deckte ihre zitternden, stammelnden Lippen mit wütenden Küssen. – Werther! rief sie mit erstickter Stimme, sich abwendend, Werther! – und drückte mit schwacher Hand seine Brust von der ihrigen; – Werther! rief sie mit dem gefaßten Tone des edelsten Gefühles. – Er widerstand nicht, ließ sie aus seinen Armen und warf sich unsinnig vor sie hin. Sie riß sich auf, und in ängstlicher Verwirrung, bebend zwischen Liebe und Zorn, sagte sie: Das ist das letzte Mal! Werther! Sie sehn mich nicht wieder. – Und mit dem vollsten Blick der Liebe auf den Elenden eilte sie ins Nebenzimmer und schloß hinter sich zu. Werther streckte ihr die Arme nach, getraute sich nicht, sie zu halten. Er lag an der Erde, den Kopf auf dem Kanapee, und in dieser Stellung blieb er über eine halbe Stunde, bis ihn ein Geräusch zu sich selbst rief. Es war das Mädchen, das den Tisch decken wollte. Er ging im Zimmer auf und ab, und da er sich wieder allein sah, ging er zur Türe des Kabinetts und rief mit leiser Stimme: Lotte! Lotte! nur noch Ein Wort! ein Lebewohl! – Sie schwieg. Er harrte und bat und harrte; dann riß er sich weg und rief: Lebe wohl, Lotte! auf ewig lebe wohl!

Er kam ans Stadttor. Die Wächter, die ihn schon gewohnt waren, ließen ihn stillschweigend hinaus. Es stiebte zwischen Regen und Schnee, und erst gegen eilfe klopfte er wieder. Sein Diener bemerkte, als Werther nach Hause kam, daß seinem Herrn der Hut fehlte. Er getraute sich nicht, etwas zu sagen, entkleidete ihn, alles war naß. Man hat nachher den Hut auf einem Felsen, der an dem Abhange des Hügels ins Tal sieht, gefunden, und es ist unbegreiflich, wie er ihn in einer finstern, feuchten Nacht, ohne zu stürzen, erstiegen hat.

Er legte sich zu Bette und schlief lange. Der Bediente fand ihn schreibend, als er ihm den andern Morgen auf sein Rufen den Kaffee brachte. Er schrieb folgendes am Briefe an Lotten:

Zum letzten Male denn, zum letzten Male schlage ich diese Augen auf. Sie sollen, ach, die Sonne nicht mehr sehen, ein trüber neblichter Tag hält sie bedeckt. So traure denn, Natur! dein Sohn, dein Freund, dein Geliebter naht sich seinem Ende. Lotte, das ist ein

Gefühl ohnegleichen, und doch kommt es dem dämmernden Traum am nächsten, zu sich zu sagen: das ist der letzte Morgen. Der letzte! Lotte, ich habe keinen Sinn für das Wort: der letzte! Stehe ich nicht da in meiner ganzen Kraft, und morgen liege ich ausgestreckt und schlaff am Boden. Sterben! was heißt das? Siehe, wir träumen, wenn wir vom Tode reden. Ich habe manchen sterben sehen; aber so eingeschränkt ist die Menschheit, daß sie für ihres Daseins Anfang und Ende keinen Sinn hat. Jetzt noch mein, dein! dein, o Geliebte! Und einen Augenblick – getrennt, geschieden – vielleicht auf ewig? – Nein, Lotte nein – Wie kann ich vergehen? wie kannst du vergehen? Wir *sind* ja! – Vergehen! – Was heißt das? Das ist wieder ein Wort! ein leerer Schall! ohne Gefühl für mein Herz. – – Tot, Lotte! eingescharrt der kalten Erde, so eng! so finster! – Ich hatte eine Freundin, die mein Alles war meiner hülflosen Jugend; sie starb, und ich folgte ihrer Leiche und stand an dem Grabe, wie sie den Sarg hinunterließen und die Seile schnurrend unter ihm weg- und wieder heraufschnellten, dann die erste Schaufel hinunterschollerte und die ängstliche Lade einen dumpfen Ton wiedergab, und dumpfer und immer dumpfer, und endlich bedeckt war! – Ich stürzte neben das Grab hin – ergriffen, erschüttert, geängstet, zerrissen mein Innerstes, aber ich wußte nicht, wie mir geschah – wie mir geschehen wird – Sterben! Grab! ich verstehe die Worte nicht!

O vergib mir! vergib mir! Gestern! Es hätte der letzte Augenblick meines Lebens sein sollen. O du Engel! zum ersten Male, zum ersten Male ganz ohne Zweifel durch mein innig Innerstes durchglühte mich das Wonnegefühl: Sie liebt mich! sie liebt mich! Es brennt noch auf meinen Lippen das heilige Feuer, das von den deinigen strömte; neue warme Wonne ist in meinem Herzen. Vergib mir! vergib mir!

Ach ich wußte, daß du mich liebtest, wußte es an den ersten seelenvollen Blicken, an dem ersten Händedruck, und doch, wenn ich wieder weg war, wenn ich Alberten an deiner Seite sah, verzagte ich wieder in fieberhaften Zweifeln.

Erinnerst du dich der Blumen, die du mir schicktest, als du in jener fatalen Gesellschaft mir kein Wort sagen, keine Hand reichen konntest? o ich habe die halbe Nacht davor gekniet, und sie versiegelten mir deine Liebe. Aber ach! diese Eindrücke gingen vorüber, wie das Gefühl der Gnade seines Gottes allmählich wieder aus der Seele des Gläubigen weicht, die ihm mit ganzer Himmelsfülle in heiligen sichtbaren Zeichen gereicht ward.

Alles das ist vergänglich, aber keine Ewigkeit soll das glühende Leben auslöschen, das ich gestern auf deinen Lippen genoß, das ich in mir fühle! Sie liebt mich! Dieser Arm hat sie umfaßt, diese Lippen haben auf ihren Lippen gezittert, dieser Mund hat an dem ihrigen gestammelt. Sie ist mein! du bist mein! ja, Lotte, auf ewig.

Und was ist das, daß Albert dein Mann ist? Mann! Das wäre denn für diese Welt – und für diese Welt Sünde, daß ich dich liebe, daß ich dich aus seinen Armen in die meinigen reißen möchte? Sünde? Gut, und ich strafe mich dafür; ich habe sie in ihrer ganzen Himmelswonne geschmeckt, diese Sünde, habe Lebensbalsam und Kraft in mein Herz gesaugt. Du bist von diesem Augenblicke mein! mein, o Lotte! Ich gehe voran! gehe zu meinem Vater, zu deinem Vater. Dem will ichs klagen, und er wird mich trösten, bis du kommst, und ich fliege dir entgegen und fasse dich

und bleibe bei dir vor dem Angesichte des Unendlichen in ewigen Umarmungen.
Ich träume nicht, ich wähne nicht! nahe am Grabe wird mir es heller. Wir werden sein! wir werden uns wiedersehen! Deine Mutter sehen! ich werde sie sehen, werde sie finden, ach und vor ihr mein ganzes Herz ausschütten! Deine Mutter, dein Ebenbild. –

Gegen eilfe fragt Werther seinen Bedienten, ob wohl Albert zurückgekommen sei? Der Bediente sagte: ja, er habe dessen Pferd dahinführen sehen. Drauf gibt ihm der Herr ein offenes Zettelchen des Inhalts:
Wollten Sie mir wohl zu einer vorhabenden Reise Ihre Pistolen leihen? Leben Sie recht wohl!

Die liebe Frau hatte die letzte Nacht wenig geschlafen; was sie gefürchtet hatte, war entschieden, auf eine Weise entschieden, die sie weder ahnen noch fürchten konnte. Ihr sonst so rein und leicht fließendes Blut war in einer fieberhaften Empörung, tausenderlei Empfindungen zerrütteten das schöne Herz. War es das Feuer von Werthers Umarmungen, das sie in ihrem Busen fühlte? war es Unwille über seine Verwegenheit? war es eine unmutige Vergleichung ihres gegenwärtigen Zustandes mit jenen Tagen ganz unbefangener freier Unschuld und sorglosen Zutrauens an sich selbst? Wie sollte sie ihrem Manne entgegengehen? wie ihm eine Szene bekennen, die sie so gut gestehen durfte und die sie sich doch zu gestehen nicht getraute? Sie hatten so lange gegen einander geschwiegen, und sollte sie die erste sein, die das Stillschweigen bräche und eben zur unrechten Zeit ihrem Gatten eine so unerwartete Entdeckung machte? Schon fürchtete sie, die bloße Nachricht von Werthers Besuch werde ihm einen unangenehmen Eindruck

machen, und nun gar diese unerwartete Katastrophe! Konnte sie wohl hoffen, daß ihr Mann sie ganz im rechten Lichte sehen, ganz ohne Vorurteil aufnehmen würde? und konnte sie wünschen, daß er in ihrer Seele lesen möchte? Und doch wieder, konnte sie sich verstellen gegen den Mann, vor dem sie immer wie ein kristallhelles Glas offen und frei gestanden war und dem sie keine ihrer Empfindungen jemals verheimlicht noch verheimlichen können? Eins und das andre machte ihr Sorgen und setzte sie in Verlegenheit; und immer kehrten ihre Gedanken wieder zu Werthern, der für sie verloren war, den sie nicht lassen konnte, den sie leider! sich selbst überlassen mußte und dem, wenn er sie verloren hatte, nichts mehr übrig blieb.
Wie schwer lag jetzt, was sie sich in dem Augenblick nicht deutlich machen konnte, die Stockung auf ihr, die sich unter ihnen festgesetzt hatte! So verständige, so gute Menschen fingen wegen gewisser heimlicher Verschiedenheiten unter einander zu schweigen an, jedes dachte seinem Recht und dem Unrechte des andern nach, und die Verhältnisse verwickelten und verhetzten sich dergestalt, daß es unmöglich ward, den Knoten eben in dem kritischen Moment, von dem alles abhing, zu lösen. Hätte eine glückliche Vertraulichkeit sie früher wieder einander näher gebracht, wäre Liebe und Nachsicht wechselweise unter ihnen lebendig worden und hätte ihre Herzen aufgeschlossen, vielleicht wäre unser Freund noch zu retten gewesen.
Noch ein sonderbarer Umstand kam dazu. Werther hatte, wie wir aus seinen Briefen wissen, nie ein Geheimnis daraus gemacht, daß er sich, diese Welt zu verlassen, sehnte. Albert hatte ihn oft bestritten, auch war zwischen Lotten und ihrem Mann manchmal die

Rede davon gewesen. Dieser, wie er einen entschiedenen Widerwillen gegen die Tat empfand, hatte auch gar oft mit einer Art von Empfindlichkeit, die sonst ganz außer seinem Charakter lag, zu erkennen gegeben, daß er an dem Ernst eines solchen Vorsatzes sehr zu zweifeln Ursach finde, er hatte sich sogar darüber einigen Scherz erlaubt und seinen Unglauben Lotten mitgeteilt. Dies beruhigte sie zwar von einer Seite, wenn ihre Gedanken ihr das traurige Bild vorführten, von der andern aber fühlte sie sich auch dadurch gehindert, ihrem Manne die Besorgnisse mitzuteilen, die sie in dem Augenblicke quälten.

Albert kam zurück, und Lotte ging ihm mit einer verlegnen Hastigkeit entgegen, er war nicht heiter, sein Geschäft war nicht vollbracht, er hatte an dem benachbarten Amtmanne einen unbiegsamen, kleinsinnigen Menschen gefunden. Der üble Weg auch hatte ihn verdrießlich gemacht.

Er fragte, ob nichts vorgefallen sei, und sie antwortete mit Übereilung: Werther sei gestern abends dagewesen. Er fragte, ob Briefe gekommen, und er erhielt zur Antwort, daß ein Brief und Pakete auf seiner Stube lägen. Er ging hinüber, und Lotte blieb allein. Die Gegenwart des Mannes, den sie liebte und ehrte, hatte einen neuen Eindruck in ihr Herz gemacht. Das Andenken seines Edelmuts, seiner Liebe und Güte hatte ihr Gemüt mehr beruhigt, sie fühlte einen heimlichen Zug, ihm zu folgen, sie nahm ihre Arbeit und ging auf sein Zimmer, wie sie mehr zu tun pflegte. Sie fand ihn beschäftigt, die Pakete zu erbrechen und zu lesen. Einige schienen nicht das Angenehmste zu enthalten. Sie tat einige Fragen an ihn, die er kurz beantwortete, und sich an den Pult stellte, zu schreiben.

Sie waren auf diese Weise eine Stunde nebeneinander gewesen, und es ward immer dunkler in Lottens Gemüt. Sie fühlte, wie schwer es ihr werden würde, ihrem Mann, auch wenn er bei dem besten Humor wäre, das zu entdecken, was ihr auf dem Herzen lag: sie verfiel in eine Wehmut, die ihr um desto ängstlicher ward, als sie solche zu verbergen und ihre Tränen zu verschlucken suchte.
Die Erscheinung von Werthers Knaben setzte sie in die größte Verlegenheit; er überreichte Alberten das Zettelchen, der sich gelassen nach seiner Frau wendete und sagte: Gib ihm die Pistolen. – Ich lasse ihm glückliche Reise wünschen, sagte er zum Jungen. – Das fiel auf sie wie ein Donnerschlag, sie schwankte aufzustehen, sie wußte nicht, wie ihr geschah. Langsam ging sie nach der Wand, zitternd nahm sie das Gewehr herunter, putzte den Staub ab und zauderte und hätte noch lange gezögert, wenn nicht Albert durch einen fragenden Blick sie gedrängt hätte. Sie gab das unglückliche Werkzeug dem Knaben, ohne ein Wort vorbringen zu können, und als der zum Hause hinaus war, machte sie ihre Arbeit zusammen, ging in ihr Zimmer, in dem Zustande der unaussprechlichsten Ungewißheit. Ihr Herz weissagte ihr alle Schrecknisse. Bald war sie im Begriffe, sich zu den Füßen ihres Mannes zu werfen, ihm alles zu entdecken, die Geschichte des gestrigen Abends, ihre Schuld und ihre Ahnungen. Dann sah sie wieder keinen Ausgang des Unternehmens, am wenigsten konnte sie hoffen, ihren Mann zu einem Gange nach Werthern zu bereden. Der Tisch ward gedeckt, und eine gute Freundin, die nur etwas zu fragen kam, gleich gehen wollte – und blieb, machte die Unterhaltung bei Tische erträglich; man zwang sich, man redete, man erzählte, man vergaß sich.

Der Knabe kam mit den Pistolen zu Werthern, der sie ihm mit Entzücken abnahm, als er hörte, Lotte habe sie ihm gegeben. Er ließ sich Brot und Wein bringen, hieß den Knaben zu Tische gehen und setzte sich nieder, zu schreiben:

Sie sind durch deine Hände gegangen, du hast den Staub davon geputzt, ich küsse sie tausendmal, du hast sie berührt: und du, Geist des Himmels, begünstigst meinen Entschluß! und du, Lotte, reichst mir das Werkzeug, du, von deren Händen ich den Tod zu empfangen wünschte und ach! nun empfange. O ich habe meinen Jungen ausgefragt. Du zittertest, als du sie ihm reichtest, du sagtest kein Lebewohl! – Wehe! wehe! kein Lebewohl! – Solltest du dein Herz für mich verschlossen haben, um des Augenblicks willen, der mich ewig an dich befestigte? Lotte, kein Jahrtausend vermag den Eindruck auszulöschen! und ich fühle es, du kannst den nicht hassen, der so für dich glüht.

Nach Tische hieß er den Knaben alles vollends einpacken, zerriß viele Papiere, ging aus und brachte noch kleine Schulden in Ordnung. Er kam wieder nach Hause, ging wieder aus, vors Tor, ungeachtet des des Regens, in den gräflichen Garten, schweifte weiter in der Gegend umher und kam mit anbrechender Nacht zurück und schrieb:

Wilhelm, ich habe zum letzten Male Feld und Wald und den Himmel gesehen. Lebe wohl auch du! Liebe Mutter, verzeiht mir! Tröste sie, Wilhelm! Gott segne euch! Meine Sachen sind alle in Ordnung. Lebt wohl! wir sehen uns wieder und freudiger.
Ich habe dir übel gelohnt, Albert, und du vergibtst mir. Ich habe den Frieden deines Hauses gestört, ich

habe Mißtrauen zwischen euch gebracht. Lebe wohl! ich will es enden. O daß ihr glücklich wäret durch meinen Tod! Albert! Albert! mache den Engel glücklich! Und so wohne Gottes Segen über dir! –

Er kramte den Abend noch viel in seinen Papieren, zeriß vieles und warf es in den Ofen, versiegelte einige Päcke mit den Adressen an Wilhelm. Sie enthielten kleine Aufsätze, abgerissene Gedanken, deren ich verschiedene gesehen habe; und nachdem er um zehn Uhr Feuer hatte nachlegen und sich eine Flasche Wein geben lassen, schickte er den Bedienten, dessen Kammer wie auch die Schlafzimmer der Hausleute weit hinten hinaus waren, zu Bette, der sich dann in seinen Kleidern niederlegte, um frühe bei der Hand zu sein; denn sein Herr hatte gesagt, die Postpferde würden vor sechse vors Haus kommen.

Nach Eilfe.

Alles ist so still um mich her, und so ruhig meine Seele. Ich danke dir, Gott, der du diesen letzten Augenblicken diese Wärme, diese Kraft schenkest.

Ich trete an das Fenster, meine Beste! und sehe, und sehe noch durch die stürmenden, vorüberfliehenden Wolken einzelne Sterne des ewigen Himmels! Nein, ihr werdet nicht fallen! der Ewige trägt euch an seinem Herzen, und mich. Ich sehe die Deichselsterne des Wagens, des liebsten unter allen Gestirnen. Wenn ich nachts von dir ging, wie ich aus deinem Tore trat, stand er gegen mir über. Mit welcher Trunkenheit habe ich ihn oft angesehen! oft mit aufgehobenen Händen ihn zum Zeichen, zum heiligen Merksteine meiner gegenwärtigen Seligkeit gemacht! und noch – O Lotte, was erinnert mich nicht an dich! umgibst du mich nicht! und habe ich nicht, gleich einem Kinde, ungenügsam allerlei Kleinigkeiten zu mir gerissen, die du Heilige berührt hattest!

Liebes Schattenbild! Ich vermache dir es zurück, Lotte, und bitte dich, es zu ehren. Tausend, tausend Küsse habe ich drauf gedrückt, tausend Grüße ihm zugewinkt, wenn ich ausging oder nach Hause kam.

Ich habe deinen Vater in einem Zettelchen gebeten, meine Leiche zu schützen. Auf dem Kirchhofe sind zwei Lindenbäume, hinten in der Ecke nach dem Felde zu; dort wünsche ich zu ruhen. Er kann, er wird das für seinen Freund tun. Bitte ihn auch. Ich will frommen Christen nicht zumuten, ihren Körper neben einen armen Unglücklichen zu legen. Ach ich wollte, ihr begrübt mich am Wege, oder im einsamen Tale, daß Priester und Levit vor dem bezeichneten Steine sich segnend vorübergingen und der Samariter eine Träne weinte.

Hier, Lotte! Ich schaudere nicht, den kalten, schrecklichen Kelch zu fassen, aus dem ich den Taumel des Todes trinken soll! Du reichtest mir ihn, und ich zage nicht. All! all! So sind alle die Wünsche und Hoffnungen meines Lebens erfüllt! So kalt, so starr an der ehernen Pforte des Todes anzuklopfen.

Daß ich des Glückes hätte teilhaftig werden können, für *dich* zu sterben! Lotte, für *dich* mich hinzugeben! Ich wollte mutig, ich wollte freudig sterben, wenn ich dir die Ruhe, die Wonne deines Lebens wieder schaffen könnte. Aber ach! das ward nur wenigen Edeln gegeben, ihr Blut für die Ihrigen zu vergießen und durch ihren Tod ein neues hundertfältiges Leben ihren Freunden anzufachen.

In diesen Kleidern, Lotte, will ich begraben sein, du hast sie berührt, geheiligt; ich habe auch deinen Vater

D Chodowiecki del D Berger Sculpsit

*da*rum gebeten. Meine Seele schwebt über dem Sarge. Man soll meine Taschen nicht aussuchen. Diese blaßrote Schleife, die du am Busen hattest, als ich dich zum ersten Male unter deinen Kindern fand – O küsse sie tausendmal und erzähle ihnen das Schicksal ihres unglücklichen Freundes. Die Lieben! sie wimmeln um mich. Ach wie ich mich an dich schloß! seit dem ersten Augenblicke dich nicht lassen konnte! – Diese Schleife soll mit mir begraben werden. An meinem Geburtstage schenktest du mir sie! Wie ich das alles verschlang! – Ach ich dachte nicht, daß mich der Weg hierher führen sollte! – – Sei ruhig! ich bitte dich, sei ruhig! – Sie sind geladen – Es schlägt zwölfe! So sei des denn! – Lotte! Lotte, lebe wohl! lebe wohl! –

Ein Nachbar sah den Blitz vom Pulver und hörte den Schuß fallen; da aber alles stille blieb, achtete er nicht weiter drauf.

Morgens um sechse tritt der Bediente herein mit dem Lichte. Er findet seinen Herrn an der Erde, die Pistole und Blut. Er ruft, er faßt ihn an; keine Antwort, er röchelte nur noch. Er läuft nach den Ärzten, nach Alberten. Lotte hört die Schelle ziehen, ein Zittern ergreift alle ihre Glieder. Sie weckt ihren Mann, sie stehen auf, der Bediente bringt heulend und stotternd die Nachricht, Lotte sinkt ohnmächtig vor Alberten nieder.

Als der Medikus zu dem Unglücklichen kam, fand er ihn an der Erde ohne Rettung, der Puls schlug, die Glieder waren alle gelähmt. Über dem rechten Auge hatte er sich durch den Kopf geschossen, das Gehirn war herausgetrieben. Man ließ ihm zum Überfluß eine Ader am Arme, das Blut lief, er holte noch immer Atem. Aus dem Blut auf der Lehne des Sessels konnte man schließen, er habe sitzend vor dem Schreibtische die

D. Chodowiecki inv. & f.

Tat vollbracht, dann ist er heruntergesunken, hat sich konvulsivisch um den Stuhl herumgewälzt. Er lag gegen das Fenster entkräftet auf dem Rücken, war in völliger Kleidung, gestiefelt, im blauen Frack mit gelber Weste.
Das Haus, die Nachbarschaft, die Stadt kam in Aufruhr. Albert trat herein. Werthern hatte man auf das Bette gelegt, die Stirn verbunden, sein Gesicht schon wie eines Toten, er rührte kein Glied. Die Lunge röchelte noch fürchterlich, bald schwach, bald stärker; man erwartete sein Ende.
Von dem Weine hatte er nur ein Glas getrunken. Emilia Galotti lag auf dem Pulte aufgeschlagen.
Von Alberts Bestürzung, von Lottens Jammer laßt mich nichts sagen.
Der alte Amtmann kam auf die Nachricht hereingesprengt, er küßte den Sterbenden unter den heißesten Tränen. Seine ältesten Söhne kamen bald nach ihm zu Fuße, sie fielen neben dem Bette nieder im Ausdrucke des unbändigsten Schmerzens, küßten ihm die Hände und den Mund, und der ältste, den er immer am meisten geliebt, hing an seinen Lippen, bis er verschieden war und man den Knaben mit Gewalt wegriß. Um zwölfe mittags starb er. Die Gegenwart des Amtmannes und seine Anstalten tuschten einen Auflauf. Nachts gegen eilfe ließ er ihn an die Stätte begraben, die er sich erwählt hatte. Der Alte folgte der Leiche und die Söhne, Albert vermochts nicht. Man fürchtete für Lottens Leben. Handwerker trugen ihn. Kein Geistlicher hat ihn begleitet.

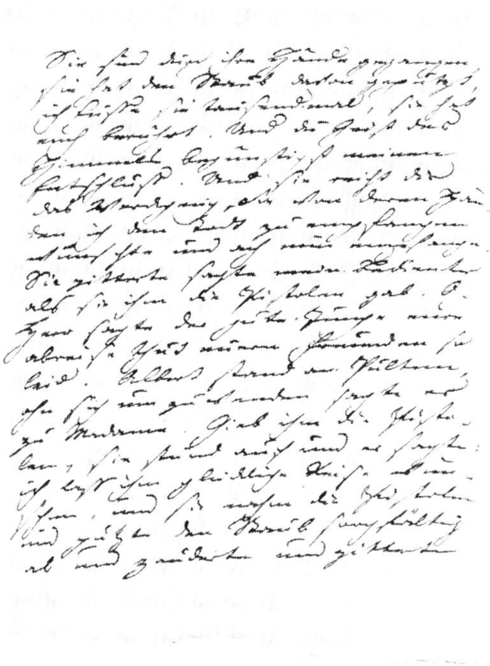

Fragment des Werther-Manuskripts

Die Leiden

des

jungen Werthers.

Erster Theil.

Leipzig,

in der Weygandschen Buchhandlung.

1774.

Die Leiden des jungen Werthers
Leipzig 1774. Erstausgabe

Die Leiden des jungen Werthers.

Erster Theil.

Jeder Jüngling sehnt sich so zu lieben,
Jedes Mädgen so geliebt zu seyn,
Ach, der heiligste von unsern Trieben,
Warum quillt aus ihm die grimme Pein?

Zweyte ächte Auflage.

Leipzig,
in der Weygandschen Buchhandlung.
1775.

Die Leiden des jungen Werthers
Leipzig 1775. 2. Auflage

Johann Christian Kestner

Charlotte Kestner, geb. Buff

Ansicht von Wetzlar

Das deutsche Haus in Wetzlar

Werther am Schreibpult

Lotte verteilt das Brot an ihre Geschwister

Lolotte et Werther

Charlotte at the Tomb of Werter

The first Interview of Werter and Charlotte

Charlotte's Visit to the Vicar

Albert, Charlotte and Werter

Georg Lukács
Die Leiden des jungen Werther

Das Erscheinungsjahr des »Werther« – 1774 – ist ein wichtiges Datum, nicht nur für die deutsche Literaturgeschichte, sondern auch für die Weltliteratur. Die kurze, aber außerordentlich bedeutungsvolle philosophische und literarische Hegemonie Deutschlands, die zeitweilige Ablösung Frankreichs von der ideologischen Führung auf diesen Gebieten tritt mit dem Welterfolg des »Werther« zum erstenmal offenkundig zutage. Freilich hat die deutsche Literatur schon vor dem »Werther« Werke von weltliterarischer Bedeutung hervorgebracht. Es genügt, an Winckelmann, an Lessing, an Goethes »Götz von Berlichingen« zu erinnern. Die außerordentlich weite und tiefe Wirkung des »Werther« in der ganzen Welt hat aber diese führende Rolle der deutschen Aufklärung klar ins Licht gestellt.

Der deutschen Aufklärung? Hier stutzt der Leser, der an den Literaturlegenden der bürgerlichen Geschichte und der von ihnen abhängigen Vulgärsoziologie »geschult« wurde. Ist es ja ein Gemeinplatz sowohl der bürgerlichen Literaturgeschichte wie der Vulgärsoziologie, daß Aufklärung und »Sturm und Drang«, insbesondere der »Werther«, in ausschließendem Gegensatz zueinander stehen. Diese Literaturlegende beginnt bereits mit dem berühmten Buch der Romantikerin Frau von Staël über Deutschland. Sie wird dann auch von den bürgerlich-progressiven Literaturhistorikern übernommen und dringt durch die Vermittlung der bekannten Schriften von Georg Brandes in die pseudomarxistische Vulgärsoziologie ein. Es ist selbstverständlich, daß bürgerliche Literaturhistoriker der imperialistischen Periode, wie Gundolf, Korff, Strich usw., an dieser Legende begeistert weiterbauen. Ist sie doch das beste ideologische Mittel, eine chinesische Mauer zwischen Aufklärung und deutscher Klassik aufzurichten, die Aufklärung zugunsten der späteren reaktionären Tendenzen in der Romantik herabzusetzen.

Ist für eine Geschichtslegende ein so tiefes ideologisches Bedürfnis vorhanden wie der Haß der reaktionären Bourgeoisie gegen die revolutionäre Aufklärung, so ist es klar, daß die Zusammenklitterer solcher Geschichtslegenden sich überhaupt nicht um die offenkundigen Tatsachen der Geschichte kümmern, daß es ihnen ganz gleichgültig ist, wenn ihre Legenden den primitivsten Tatsachen ins Gesicht schlagen. Dies ist in der Werther-Frage ganz offenkundig der Fall. Denn auch die bürgerliche Literaturgeschichte ist gezwungen, in Richardson und Rousseau literarische Vorläufer des »Werther« anzuerkennen. Freilich ist es für das geistige Niveau der bürgerlichen Literaturhistoriker bezeichnend, daß die Feststellung des literarischen Zusammenhanges zwischen Richardson, Rousseau und Goethe unvermittelt neben der Behauptung des diametralen Gegensatzes zwischen »Werther« und der Aufklärung bestehen kann.

Die intelligenteren Reaktionäre spüren freilich etwas von diesem Widerspruch. Sie wollen aber die Frage dadurch lösen, daß sie bereits Rousseau in einen ausschließenden Gegensatz zur Aufklärung bringen, aus ihm einen Ahnherrn der reaktionären Romantik machen. Bei Richardson selbst versagt aber auch diese »Weisheit«. Richardson ist ein typischer bürgerlicher

Aufklärer gewesen. Sein großer europäischer Erfolg spielte sich gerade in der progressiven Bourgeoisie ab; die ideologischen Vorkämpfer der europäischen Aufklärung, wie Diderot und Lessing, waren die begeisterten Verkünder seines Ruhmes.

Was ist nun der ideologische Inhalt dieser Geschichtslegende? Welches ideologische Bedürfnis der Bourgeoisie des 19. Jahrhunderts soll sie befriedigen? Dieser Inhalt ist außerordentlich dürftig und abstrakt, mag er in einzelnen Darlegungen mit noch so pompösen Phrasen aufgeputzt sein. Es handelt sich darum, daß die Aufklärung angeblich nur den »Verstand« berücksichtige. Der deutsche »Sturm und Drang« sei dagegen eine Revolte des »Gefühls«, des »Gemüts«, des »Triebes« gegen die Tyrannei des Verstandes. Diese kahle und leere Abstraktion dient dazu, die irrationalistischen Tendenzen der bürgerlichen Dekadenz zu verherrlichen, jede Tradition der revolutionären Periode der bürgerlichen Entwicklung zu verschütten. Bei liberalen Literaturhistorikern vom Typus Brandes' erscheint diese Theorie noch in einer eklektischen, kompromißhaften Weise: die ideologische Überlegenheit der nicht mehr revolutionären Bourgeoisie des 19. Jahrhunderts über die revolutionäre Periode soll darin aufgezeigt werden, daß die spätere Entwicklung »konkreter« sei, daß sie auch das »Gemüt« usw. berücksichtige. Die offenen Reaktionäre wenden sich bereits ohne jeden Vorbehalt gegen die Aufklärung, verleumden sie mit offener Schamlosigkeit.

Worin bestand das Wesen des berüchtigten »Verstandes« in der Aufklärung? Klarerweise in einer rücksichtslosen Kritik der Religion, der theologisch verseuchten Philosophie, der Institutionen des Feudalabsolutismus, der feudalreligiösen Gebote der Moral usw. Daß dieser rücksichtslose Kampf der Aufklärer für die reaktionär gewordene Bourgeoisie ideologisch untragbar geworden ist, ist leicht zu verstehen. Folgt aber daraus, daß die Aufklärer, die als ideologische Avantgarde der revolutionären Bourgeoisie in Wissenschaft, Kunst und Leben nur das anerkannten, was einer Prüfung durch den menschlichen Verstand, einer Konfrontierung mit den Tatsachen des Lebens standhielt, irgendeine Verachtung oder Unterschätzung des menschlichen Gefühlsleben zeigte? Wir glauben, daß bereits die deutlich gestellte Frage die Abstraktheit und Unhaltbarkeit solcher reaktionären Konstruktionen klar bezeugt. Nur vom Standpunkt des nachrevolutionären Legitimismus, für welchen jede royalistische Tradition eine sentimentale, verlogene Gefühlsbetontheit erhält, bei welchem sich die unvolkstümlichen Traditionen der Aufklärung mit dieser unwahren Sentimentalität verschmelzen, nur von diesem Standpunkt aus scheint eine solche Konstruktion einleuchtend. Im Gegensatz zur bürgerlichen Literaturgeschichte und Vulgärsoziologie, die etwa Chateaubriand von Rousseau und Goethe herleitet, spricht Marx über »... diesen Schönschreiber, der aufs widerlichste den vornehmen Skeptizismus und Voltairianismus des 18. Jahrhunderts mit dem vornehmen Sentimentalismus und Romantizismus des 19. vereint«.

In der Aufklärung selbst steht die Frage vollkommen anders. Wenn – um nur ein Beispiel zu wählen, da unser Raum zur breiten Auseinandersetzung viel zu beschränkt ist – Lessing gegen die Theorie und Praxis des Tragikers Corneille kämpft, von welchem Standpunkt tut er es? Er geht gerade davon aus, daß die

Konzeption des Tragischen bei Corneille unmenschlich ist, daß Corneille das menschliche Gemüt, das menschliche Gefühlsleben nicht berücksichtigt, daß er, befangen in den höfisch-adeligen Konventionen seiner Zeit, tote und rein verstandesmäßige Konstruktionen bietet. Der große literaturtheoretische Kampf solcher Aufklärer, wie Diderot und Lessing, ging gegen die adeligen Konventionen. Sie bekämpfen diese auf der ganzen Linie, sowohl ihre verstandesmäßige Kälte wie ihre Vernunftwidrigkeit. Zwischen Lessings Kampf gegen diese Kälte der tragédie classique und seiner Proklamierung der Rechte des Verstandes, etwa in der Frage der Religion, besteht nicht der geringste innere Widerspruch. Denn jede große gesellschaftlich-geschichtliche Umwälzung bringt einen *neuen Menschen* hervor. In den ideologischen Kämpfen handelt es sich also um den Kampf für diesen konkreten neuen Menschen, gegen den alten Menschen der versinkenden und verhaßten alten Gesellschaftsordnung. Niemals aber geht es in Wirklichkeit (nur in der apologetischen Phantasie reaktionärer Ideologen) um den Kampf einer abstrakten und isolierten Eigenschaft des Menschen gegen eine andere isolierte und abstrakte Eigenschaft (Trieb gegen Verstand).

Erst die Zerstörung solcher Geschichtslegenden, solcher in der Wirklichkeit nie existierenden Widersprüche eröffnet den Weg zur Erkenntnis der wirklichen inneren Widersprüche der Aufklärung. Diese sind die ideologischen Widerspiegelungen der Widersprüche der bürgerlichen Revolution, ihres sozialen Inhalts und ihrer treibenden Kräfte, der Widersprüche der Entstehung, des Wachstums und der Entfaltung der bürgerlichen Gesellschaft selbst. Und diese Widersprüche sind im gesellschaftlichen Leben selbst natürlich nicht starr und ein für allemal gegeben. Sie tauchen vielmehr in außerordentlich ungleichmäßiger Weise, der Ungleichmäßigkeit der gesellschaftlichen Entwicklung entsprechend, auf, erhalten für eine bestimmte Entwicklungsstufe eine scheinbar befriedigende Lösung, um bei Weiterentwicklung der Gesellschaft auf höherer Stufe in verstärkter Form wieder zu erscheinen. Jene literarischen Polemiken unter den Aufklärern, jene Kritiken der Belletristik der Aufklärungszeit von den Aufklärern selbst, aus deren abstrahierender Entstellung die reaktionäre Literaturgeschichte ihre »Argumente« schöpft, sind also nur Spiegelbilder der Widersprüche der gesellschaftlichen Entwicklung selbst, Kämpfe einzelner Strömungen innerhalb der Aufklärung, Kämpfe einzelner Stufen der Aufklärung.

Mehring hat als erster die reaktionären Geschichtslegenden über den Charakter von Lessings Kampf gegen Voltaire zerstört. Er hat überzeugend nachgewiesen, daß Lessing von einer höheren Stufe der Aufklärung die zurückgebliebenen, kompromißhaften Züge Voltaires kritisiert hat. Besonders interessant ist diese Frage in bezug auf Rousseau. Bei Rousseau treten nämlich die ideologischen Seiten der plebejischen Durchführung der bürgerlichen Revolution zum erstenmal in dominierender Weise hervor und sind, der inneren Dialektik dieser Bewegung entsprechend, oft mit kleinbürgerlich-reaktionären Zügen vermischt; oft tritt der soziale Inhalt der Revolution diesem unklaren Plebejertum gegenüber in den Hintergrund. Die Kritiker Rousseaus unter den Aufklärern (Voltaire, d'Alembert usw., auch Lessing) sind also Rousseau gegenüber völlig im Recht, wenn sie

auf die Reinheit dieses sozialen Gehalts bestehen, sie gehen aber in dieser Polemik oft an dem wertvollen Neuen bei Rousseau, an seinem Plebejertum, an dem beginnenden dialektischen Herausarbeiten der Widersprüche der bürgerlichen Gesellschaft achtlos vorbei. Das belletristische Schaffen Rousseaus ist aufs engste mit diesen seinen Grundtendenzen verbunden. Dadurch erhebt er die Richardsonsche Darstellung der Innerlichkeit des bürgerlichen Alltags und seiner Konflikte denkerisch wie dichterisch auf eine viel höhere Stufe. Und wenn Lessing hier oft Protest erhebt und – im Einverständnis mit Mendelssohn – an Richardson gegen Rousseau festhält, so hat er sehr wesentliche Züge der neuen, höheren, widerspruchsvolleren Stufe der Aufklärung übersehen.
Das Schaffen des jungen Goethe ist eine *Weiterführung* der Rousseauschen Linie. Freilich in einer deutschen Weise, wodurch wieder eine Reihe von neuen Widersprüchen entsteht. Die besondere deutsche Note ist untrennbar mit der ökonomisch-gesellschaftlichen Zurückgebliebenheit Deutschlands, mit der deutschen Misere verknüpft. So scharf man auf diese deutsche Misere hinzuweisen hat, so sehr muß vor ihrer vulgarisierenden Vereinfachung gewarnt werden. Selbstverständlich fehlt dieser deutschen Literatur die politisch-soziale Zielklarheit und Festigkeit der Franzosen, die dichterische Widerspiegelung einer entwickelten, reich entfalteten bürgerlichen Gesellschaft der Engländer. Selbstverständlich trägt diese Literatur viele Muttermale der Kleinlichkeit des Lebens im unentwickelten und zerstückelten Deutschland an sich. Andrerseits darf aber nicht vergessen werden, daß die Widersprüche der bürgerlichen Entwicklung nirgends in einer solchen Leidenschaftlichkeit und

Plastik ausgedrückt worden sind wie gerade in der deutschen Literatur des 18. Jahrhunderts. Man denke nur an das bürgerliche Drama. Entstanden in England und Frankreich, hat es doch weder sozial-inhaltlich noch künstlerisch-formal in diesen Ländern eine solche Höhe erreicht wie schon in der »Emilia Galotti« Lessings, wie insbesondere in den »Räubern«, in »Kabale und Liebe« des jungen Schiller.

Freilich ist der junge Goethe kein Revolutionär, auch nicht im Sinne des jungen Schiller. Aber in einem breiten historischen Sinne, im Sinne der innigen Verknüpftheit mit den Grundproblemen der bürgerlichen Revolution bedeuten die Werke des jungen Goethe einen revolutionären Gipfelpunkt der europäischen Aufklärungsbewegung, der ideologischen Vorbereitung der Großen Französischen Revolution.

Im Mittelpunkt des »Werther« steht das große Problem des bürgerlich-revolutionären Humanismus, das Problem der freien und allseitigen Entfaltung der menschlichen Persönlichkeit. Feuerbach sagt: »Unser Ideal sei kein kastriertes, entleibtes, abgezogenes Wesen, unser Ideal sei der ganze, wirkliche, allseitige, vollkommene, ausgebildete Mensch.« Lenin, der diesen Satz in seine philosophischen Exzerpte einfügt, sagt darüber, dieses Ideal ist das »der vorgeschrittenen bürgerlichen Demokratie oder der revolutionären bürgerlichen Demokratie«.

Die Tiefe und Vielseitigkeit in der Problemstellung des jungen Goethe beruht darauf, daß er den Gegensatz zwischen Persönlichkeit und bürgerlicher Gesellschaft nicht nur in bezug auf den halbfeudalen Duodez-Absolutismus Deutschlands seiner Zeit sieht, sondern in bezug auf die bürgerliche Gesellschaft im allgemeinen. Selbstverständlich richtet sich der Kampf des jungen Goethe gegen jene konkreten Formen der Unterdrückung und der Verkümmerung der menschlichen Persönlichkeit, die das Deutschland seiner Tage hervorbringt. Aber die Tiefe seiner Auffassung zeigt sich darin, daß er nicht bei einer Kritik der bloßen Symptome, bei einer polemischen Darstellung der augenfälligen Erscheinungsweisen stehenbleibt. Er gestaltet vielmehr das Alltagsleben seiner Zeit mit einem so tiefen Verständnis der bewegenden Kräfte, der grundlegenden Widersprüche, daß die Bedeutung seiner Kritik weit über eine Kritik der Zustände des zurückgebliebenen Deutschlands hinausgeht. Die begeisterte Aufnahme, die der »Werther« in ganz Europa fand, zeigt, daß die Menschen der kapitalistisch entwickelten Länder im Schicksal Werthers sofort erleben mußten: tua res agitur.

Der Gegensatz von Persönlichkeit und Gesellschaft wird beim jungen Goethe sehr breit und verwickelt verstanden. Goethe beschränkt sich nicht darauf, die unmittelbar gesellschaftlichen Hemmungen der Persönlichkeitsentwicklung aufzuzeigen. Diesen ist selbstverständlich ein breiter und wesentlicher Teil seiner Darstellung gewidmet. Goethe sieht in der feudalen Standesschichtung, in der feudalen Abschließung der Stände voneinander, ein unmittelbares und wesentliches Hindernis der Entfaltung der menschlichen Persönlichkeit und kritisiert dementsprechend die Gesellschaftsordnung mit bitterer Satire.

Er sieht aber zugleich, daß die bürgerliche Gesellschaft, deren Entwicklung eigentlich das Problem der Persönlichkeitsentfaltung mit solcher Vehemenz in den Vordergrund gestellt hat, ihr selbst ununterbrochen Hindernisse entgegensetzt. Dieselben Gesetze,

Institutionen usw., die der Persönlichkeitsentfaltung im engen Klassensinne der Bourgeoisie dienen, die die Freiheit des Laisser-faire hervorbringen, sind gleichzeitig unbarmherzige Würger der sich wirklich entfaltenden Persönlichkeit. Die kapitalistische Arbeitsteilung, auf deren Grundlage erst jene Entwicklung der Produktivkräfte vor sich gehen kann, die die materielle Basis der entfalteten Persönlichkeit bilden, unterwirft sich zugleich den Menschen, zerstückelt seine Persönlichkeit zu einem leblosen Spezialistentum usw. Es ist klar, daß dem jungen Goethe die ökonomische Einsicht in diese Zusammenhänge fehlen mußte. Um so höher muß seine dichterische Genialität eingeschätzt werden, mit der an menschlichen Schicksalen die wirkliche Dialektik dieser Entwicklung darstellen konnte.

Da Goethe von konkreten Menschen, von konkreten menschlichen Schicksalen ausgeht, faßt er alle diese Probleme in jener konkreten Verwickeltheit und Vermitteltheit, in der sie sich im persönlichen Schicksal einzelner Menschen zeigen. Da er in seinem Helden einen außerordentlich differenzierten, innerlichen Menschen gestaltet, zeigen sich diese Probleme in einer sehr komplizierten, tief in die Ideologie hineinreichenden Weise. Aber der Zusammenhang ist überall sichtbar, wird sogar überall vom Bewußtsein der handelnden Menschen in irgendeiner Weise erfaßt. So sagt z. B. Werther über das Verhältnis von Natur und Kunst: »Sie (die Natur) allein ist unendlich reich, und sie allein bildet den großen Künstler. Man kann zum Vorteile der Regeln viel sagen, ungefähr was man zum Lobe der bürgerlichen Gesellschaft sagen kann.« Das zentrale Problem bleibt immer die einheitliche und allumfassende Entfaltung der menschlichen Persönlichkeit. In seiner Darstellung der eigenen Jugend, die der alte Goethe in »Dichtung und Wahrheit« gab, geht er ausführlich auf die prinzipiellen Grundlagen dieses Kampfes ein. Er analysiert das Denken Hamanns, der neben Rousseau und Herder seine Jugendentwicklung am stärksten beeinflußt hat, und spricht mit eigenen Worten jenes Grundprinzip aus, dessen Verwirklichung das Hauptbestreben nicht nur seiner Jugend gewesen ist: »Alles, was der Mensch zu leisten unternimmt, es werde nun durch Tat oder Wort oder sonst hervorgebracht, muß aus sämtlichen vereinigten Kräften entspringen; alles Vereinzelte ist verwerflich. Eine herrliche Maxime, aber schwer zu befolgen.«

Der dichterische Hauptinhalt des »Werther« ist ein Kampf um die Verwirklichung dieser Maxime, ein Kampf gegen die äußeren und inneren Hindernisse ihrer Verwirklichung. Ästhetisch bedeutet dies den Kampf gegen die »Regeln«, von dem wir bereits gehört haben. Auch hier muß man sich davor hüten, mit metaphysischen, starren Gegensätzen zu arbeiten. Werther und mit ihm der junge Goethe sind Feinde der »Regeln«. Aber die »Regellosigkeit« bedeutet für Werther einen leidenschaftlichen großen Realismus, bedeutet die Verehrung von Homer, Klopstock, Goldsmith, Lessing.

Noch energischer und leidenschaftlicher ist die Rebellion gegen die Regeln der Ethik. Die Grundlinie der bürgerlichen Entwicklung verlangt an Stelle der ständischen und lokalen Privilegien einheitliche nationale Rechtssysteme. Diese große historische Bewegung muß sich auch in der Ethik als Verlangen nach einheitlichen allgemeingültigen Gesetzen des menschlichen Handelns widerspiegeln. Im Laufe der späteren deutschen Entwicklung erreicht diese gesellschaftliche Tendenz ihren hohen philosophischen Ausdruck in der idealistischen Ethik von Kant und Fichte. Die Tendenz dazu ist aber – im konkreten Leben selbstverständlich oft in philiströser Weise erscheinend – lange vor Kant und Fichte vorhanden.

Aber so notwendig diese Entwicklung auch historisch sei, was sie hervorbringt, ist zugleich ein Hindernis der Entwicklung der Persönlichkeit. Die Ethik im Kant-Fichteschen Sinne will ein einheitliches System der Regeln, ein widerspruchsloses System der Vorschriften für eine Gesellschaft auffinden, deren bewegendes Grundprinzip der Widerspruch selbst ist. Das Individuum, das in dieser Gesellschaft handelt, das notgedrungenerweise das System der Regeln im allgemeinen, im Prinzip, anerkennt, muß im konkreten Fall ununterbrochen in Widerspruch mit diesen Prinzipien geraten. Und zwar nicht so, wie es sich Kant vorstellt, daß bloß die niedrigen, egoistischen Triebe des Menschen den hohen ethischen Maximen widersprechen. Der Widerspruch entspringt vielmehr sehr häufig und in den hier allein maßgebenden Fällen aus den besten und edelsten Leidenschaften des Menschen. Erst viel später gelingt es der Hegelschen Dialektik – freilich in idealistischer Weise –, ein einigermaßen adäquates Bild über die widerspruchsvolle Wechselwirkung zwischen menschlicher Leidenschaft und gesellschaftlicher Entwicklung gedanklich zu erfassen.

Aber auch die beste gedankliche Erfassung kann keinen real existierenden Widerspruch in der Wirklichkeit selbst aufheben. Und die Generation des jungen Goethe, die diesen lebendigen Widerspruch tief erlebt hat, wenn sie auch seine Dialektik gedanklich nicht begriff, rennt mit wütender Leidenschaft

gegen dieses Hindernis der freien Persönlichkeitsentwicklung an.
Der Jugendfreund Goethes, Friedrich Heinrich Jacobi, hat in einem offenen Brief an Fichte diese Rebellion auf dem Gebiet der Ethik vielleicht in der klarsten Weise ausgedrückt. Er sagt: »Ja, ich bin der Atheist und Gottlose, der... lügen will, wie Desdemona sterbend log, lügen und betrügen will wie der für Orest sich darstellende Pylades, morden will wie Timoleon, Gesetz und Eid brechen wie Epaminondas, wie Johann de Witt, Selbstmord beschließen wie Otho, Tempelraub begehen wie David – ja, Ähren ausraufen am Sabbat, auch nur darum, weil mich hungert und das Gesetz um des Menschen willen gemacht ist, nicht der Mensch um des Gesetzes willen.« Und diese Rebellion nennt Jacobi »das *Majestätsrecht* des Menschen, das Siegel seiner Würde«.
Die ethischen Probleme des »Werther« spielen sich alle im Zeichen dieser Rebellion ab, einer Rebellion, in der sich zum erstenmal in der Weltliteratur die inneren Widersprüche des revolutionären bürgerlichen Humanismus in großer dichterischer Darstellung zeigen. Goethe legt die Handlung in diesem Roman außerordentlich sparsam an. Aber er wählt fast ausnahmslos solche Figuren und solche Geschehnisse aus, in denen diese Widersprüche, die Widersprüche zwischen menschlicher Leidenschaft und gesellschaftlicher Gesetzlichkeit, zutage treten. Und zwar ausnahmslos zwischen Leidenschaften, in denen an und für sich nichts Niedriges, nichts Asoziales oder Antisoziales enthalten ist, und Gesetzen, die nicht an und für sich als sinnlos und die Entwicklung hemmend verworfen werden (wie die Ständescheidungen der feudalen Gesellschaft), sondern die nur die allge-

meinen Beschränktheiten aller Gesetze der bürgerlichen Gesellschaft an sich tragen.
Mit bewundernswerter Kunst stellt Goethe in wenigen Zügen, in einigen kurzen Szenen das tragische Geschick des verliebten jungen Knechts dar, dessen Mord an seiner Geliebten und seinem Rivalen das tragische Gegenstück zu Werthers Selbstmord bildet. In seiner bereits angeführten späten Darstellung der Werther-Zeit erkennt noch der alte Goethe den rebellisch-revolutionären Charakter in der Forderung des moralischen Rechtes zum Selbstmord. Es ist sehr interessant und für die Beziehung des »Werther« zur Aufklärung wiederum sehr lehrreich, daß er sich hier auf Montesquieu beruft. Werther selbst hat zur Verteidigung dieses Rechtes eine noch revolutionärer klingende Begründung. Noch lange vor seinem Selbstmord, lange bevor er konkret diesen Entschluß gefaßt hatte, führt er über den Selbstmord ein theoretisches Gespräch mit dem Bräutigam seiner Geliebten, mit Albert. Dieser ruhige Bürger leugnet selbstverständlich ein jedes derartiges Recht. Werther führt unter anderem aus: »Ein Volk, das unter dem unerträglichen Joch eines Tyrannen seufzt, darfst du das schwach heißen, wenn es endlich aufgärt und seine Ketten zerreißt?«
Dieser tragische Kampf um die Verwirklichung der humanistischen Ideale ist beim jungen Goethe aufs engste mit der *Volkstümlichkeit* seiner Bestrebungen verknüpft. Der junge Goethe ist gerade in dieser Hinsicht ein Fortführer Rousseauscher Tendenzen im Gegensatz zum vornehmen Aristokratismus Voltaires, dessen Erbe für den späteren, vielfach enttäuschten und resignierten Goethe wichtig werden wird. Die kulturelle und literarische Linie Rousseaus läßt sich

am klarsten mit Marxens Worten über den Jakobinismus aussprechen: es ist »*eine plebejische Manier, mit den Feinden der Bourgeoisie,* dem Absolutismus, dem Feudalismus und dem Spießbürgertum, fertig zu werden«. Wir wiederholen: der junge Goethe war politisch kein revolutionärer Plebejer, auch nicht innerhalb des in Deutschland Möglichen, auch nicht im Sinne des jungen Schiller. Das Plebejische erscheint also bei ihm nicht in politischer Form, sondern als Gegensatz der humanistisch-revolutionären Ideale sowohl zur ständischen Gesellschaft des Feudalabsolutismus wie zum Spießbürgertum. Der ganze »Werther« ist ein glühendes Bekenntnis zu jenem neuen Menschen, der im Laufe der Vorbereitung der bürgerlichen Revolution entsteht, zu jener Menschwerdung, zu jener Erwekkung der allseitigen Tätigkeit des Menschen, die die Entwicklung der bürgerlichen Gesellschaft hervorbringt – und zugleich tragisch zum Untergang verurteilt. Die Gestaltung dieses neuen Menschen geschieht also in ununterbrochener dramatischer Kontrastierung zur ständischen Gesellschaft und zum Spießbürgertum. Immer wieder wird diese neu entstehende menschliche Kultur der Verbildung, der Unfruchtbarkeit, der Unkultiviertheit der »höheren Stände« und dem toten, erstarrten, kleinlich egoistischen Leben der Spießbürger gegenübergestellt. Und jede dieser Gegenüberstellungen ist ein flammender Hinweis darauf, daß wirkliches, lebendiges Erfassen des Lebens, lebendiges Verarbeiten seiner Probleme ausschließlich beim Volke selbst zu finden sind. Nicht nur Werther steht als lebendiger Mensch, als Repräsentant des Neuen der toten Erstarrung der Aristokratie und des Philistertums gegenüber, sondern auch immer wieder Figuren aus dem Volke. Werther ist immer Repräsentant des volkstümlichen Lebendigen dieser Erstarrung gegenüber. Und die sehr reichlich eingearbeiteten Bildungselemente (Hinweise auf die Malerei, auf Homer, Ossian, Goldsmith usw.) bewegen sich immer in dieser Richtung: Homer und Ossian sind für Werther und für den jungen Goethe große volkstümliche Dichter, dichterische Widerspiegelungen und Ausdrücke des produktiven Lebens, das einzig und allein im arbeitenden Volke vorhanden ist. Mit dieser Richtung, mit diesem Inhalt seiner Gestaltung proklamiert der junge Goethe – obwohl er persönlich weder Plebejer noch politischer Revolutionär gewesen ist – die volkstümlich-revolutionären Ideale der bürgerlichen Revolution. Seine reaktionären Zeitgenossen haben auch diese Tendenz des »Werther« sofort erkannt und entsprechend gewertet. Der aus der Polemik mit Lessing berüchtigte orthodoxe Pfarrer Goeze schreibt z. B., daß Bücher wie der »Werther« Mütter des Ravaillac (des Mörders von Henri IV.), des Damiens (des Attentäters auf Ludwig XV.) seien. Und viele Jahrzehnte später attackiert ein Lord Bristol Goethe, weil er durch den »Werther« so viele Menschen unglücklich gemacht habe. Es ist sehr interessant, daß der sonst so höfisch feine und zurückhaltende alte Goethe auf diese Anklage mit einer wohltuenden derben Grobheit antwortet und dem erstaunten Lord alle Sünden der herrschenden Klassen vorwirft. Solche Bewertungen stellen den »Werther« auf eine Stufe mit den offen-revolutionären Jugenddramen Schillers. Über diese hat der alte Goethe ebenfalls eine außerordentlich charakteristische Feindesäußerung aufbewahrt. Ein deutscher Fürst sagte ihm einmal, daß, wenn er der liebe Gott wäre und gewußt hätte, die Erschaffung der Welt

würde auch das Entstehen von Schillers »Räubern« zur Folge haben, er die Welt niemals geschaffen hätte. Diese Äußerungen aus feindlichen Lagern umschreiben die wirkliche Bedeutung der großen Produkte des »Sturm und Drang« weit besser als die späteren apologetischen Erklärungen der bürgerlichen Literaturgeschichte. Die volkstümlich-humanistische Revolte im »Werther« ist eine der wichtigsten revolutionären Äußerungen der bürgerlichen Ideologie in der Vorbereitungszeit der Französischen Revolution. Sein Welterfolg ist der eines revolutionären Werkes. Im »Werther« kulminierten die Kämpfe des jungen Goethe um den freien und allseitig entwickelten Menschen, jene Tendenzen, die er im »Götz«, im »Prometheus«-Fragment, in den ersten Entwürfen zum »Faust« usw. ebenfalls ausgedrückt hat.
Es wäre eine falsche Einengung der Bedeutung des »Werther«, in ihm bloß die Gestaltung einer vorübergehenden, übersteigerten, sentimentalen Stimmung zu sehen, die Goethe selbst rasch überwunden hätte. Es ist richtig: Goethe hat kaum drei Jahre nach dem »Werther« eine übermütig lustige Parodie auf das Werthertum geschrieben, den »Triumph der Empfindsamkeit«. Die bürgerliche Literaturgeschichte beachtet nur, daß Goethe dort Rousseaus Heloïse und seinen eigenen »Werther« als »Grundsuppe« der Sentimentalität bezeichnet. Sie geht aber achtlos an der Tatsache vorbei, daß Goethe hier eben die adelig-höfische, ins Widernatürliche entartete Parodie der Wertherei verspottet. Werther selbst flüchtet zur Natur und zum Volk vor der toten Verbildung der adeligen Gesellschaft. Der Held der Parodie schafft sich aus Kulissen eine künstliche Natur, fürchtet sich vor der wirklichen, hat in seiner spielerischen Senti-

mentalität nichts mit den lebendigen Kräften des Volkes zu tun. »Der Triumph der Empfindsamkeit« unterstreicht also gerade die volkstümliche Grundlinie des »Werther«, ist eine Parodie auf dessen unbeabsichtigte Wirkung bei den »Gebildeten«, nicht aber auf angebliche »Überstiegenheiten« des Werkes selbst. Der Welterfolg des »Werther« ist ein literarischer Sieg der Linie der bürgerlichen Revolution. Die künstlerische Grundlage dieses Erfolges beruht darauf, daß der »Werther« eine künstlerische Vereinigung der großen realistischen Tendenzen des 18. Jahrhunderts bietet. Der junge Goethe führt die Linie Richardson-Rousseau künstlerisch hoch über seine Vorgänger hinaus. Er übernimmt von ihnen die Thematik: die Darstellung der gefühlvollen Innerlichkeit des bürgerlichen Alltagslebens, um in dieser Innerlichkeit die Umrisse des entstehenden neuen Menschen im Gegensatz zur feudalen Gesellschaft zu zeichnen. Aber während noch bei Rousseau die äußere Welt, mit Ausnahme der Landschaft, sich in eine subjektive Stimmungshaftigkeit auflöst, ist der junge Goethe zugleich der Erbe der objektiv klaren Gestaltungsweise der äußeren Welt, der Welt der Gesellschaft und der Natur; er setzt nicht nur Richardson und Rousseau, sondern auch Fielding und Goldsmith fort.
Äußerlich technisch angesehen, ist der »Werther« ein Gipfelpunkt der subjektivistischen Tendenzen der zweiten Hälfte des 18. Jahrhunderts. Und dieser Subjektivismus ist im Roman keine Äußerlichkeit, sondern der adäquate künstlerische Ausdruck der humanistischen Revolte. Aber alles, was in dieser Welt des »Werther« vorkommt, ist von Goethe mit einer unerhörten, an den großen Realisten geschulten Plastik und Einfachheit objektiviert. Nur in der Stimmung

Werthers verdrängt am Schluß die Nebelhaftigkeit Ossians die klare Plastik des volkstümlich verstandenen Homer. Der junge Goethe bleibt als Gestalter im ganzen Werk ein Schüler dieses Homer.

Goethes großer Jugendroman geht aber nicht nur in dieser künstlerischen Hinsicht über seine Vorgänger hinaus. Er tut es auch dem Inhalt nach. Er ist, wie wir gesehen haben, nicht nur die Proklamierung der Ideale des revolutionären Humanismus, sondern zugleich die vollendete Gestaltung des tragischen Widerspruches dieser Ideale. »Werther« ist also nicht nur ein Gipfelpunkt der großen bürgerlichen Literatur des 18. Jahrhunderts, sondern zugleich der erste große Vorläufer der großen realistischen Problemliteratur des 19. Jahrhunderts. Wenn die bürgerliche Literaturgeschichte in Chateaubriand und seinem Anhang die literarische Nachfolge des »Werther« sieht, so setzt sie dessen Bedeutung tendenziös herab. Nicht die reaktionären Romantiker, sondern die großen Gestalter des tragischen Untergangs der humanistischen Ideale im 19. Jahrhundert, Balzac und Stendhal, setzen die wirklichen Tendenzen des »Werther« fort.

Werthers Konflikt, seine Tragödie ist bereits die des bürgerlichen Humanismus, zeigt schon den unlösbaren Gegensatz der freien und allseitigen Entwicklung der Persönlichkeit mit der bürgerlichen Gesellschaft selbst. Diese erscheint natürlich in ihrer vorrevolutionären, deutschen, halbfeudalen, kleinstaatlich-absolutistischen Gestalt. In dem Konflikt selbst sind aber sehr klar die Umrisse der später deutlicher hervortretenden Gegensätze sichtbar. Und an diesen geht Werther letzten Endes tatsächlich zugrunde. Freilich gestaltet Goethe nur diese durchschimmernden Umrisse der später offenbar gewordenen großen

Tragödie. Darum kann er sein Thema in einen extensiv so engen Rahmen spannen; sich thematisch auf die Darstellung einer fast idyllisch-abgeschlossenen kleinen Welt à la Goldsmith und Fielding beschränken. Aber die Gestaltung dieser äußerlich engen und abgeschlossenen Welt ist bereits von jener inneren Dramatik erfüllt, die nach Balzacs Ausführungen das wesentlich Neue des Romans des 19. Jahrhunderts ausmacht. Der »Werther« wird allgemein als ein Liebesroman aufgefaßt. Und das zu Recht: der »Werther« ist einer der bedeutendsten Liebesromane der Weltliteratur. Aber – wie jede poetisch wirklich große Gestaltung der Tragödie der Liebe – gibt auch der »Werther« viel mehr als eine bloße Liebestragödie.

Dem jungen Goethe gelingt es, in diesen Liebeskonflikt alle großen Probleme des Kampfes um die Persönlichkeitsentwicklung organisch einzubeziehen. Die Liebestragödie des Werther ist eine tragische Explosion aller Leidenschaften, die sonst im Leben verteilt, partikular, abstrakt auftreten, hier aber im Feuer der Liebesleidenschaft zu einer einheitlichen glühenden und leuchtenden Masse verschmolzen werden.

Wir können hier nur einige der wesentlichen Momente hervorheben. Erstens machte Goethe aus der Liebe Werthers zu Lotte einen dichterisch gesteigerten Ausdruck der volkstümlichen, antifeudalen Lebenstendenzen des Helden. Goethe selbst sagt später über die Beziehung Werthers zu Lotte, daß sie ihm den Alltag vermittelt. Noch wichtiger ist aber die Komposition des Werkes selbst. Der erste Teil ist der Darstellung der entstehenden Liebe Werthers gewidmet. Als Werther den unlösbaren Konflikt seiner Liebe sieht, will er ins praktische Leben, in die Tätigkeit, fliehen und nimmt einen Posten bei einer Gesandtschaft an. Trotz seiner dort anerkannten Begabung scheitert dieser Versuch an den Schranken, die die adelige Gesellschaft dem Bürgerlichen gegenüber aufrichtet. Erst nachdem Werther hier gescheitert ist, kommt es zur tragischen Wiederbegegnung mit Lotte. Es ist vielleicht nicht uninteressant zu erwähnen, daß einer der größten Verehrer dieses Romans, Napoleon Bonaparte, der den »Werther« auch auf den ägyptischen Feldzug mitnahm, die Einbeziehung des gesellschaftlichen Konflikts in die Liebestragödie Goethe gegenüber getadelt hat. Der alte Goethe bemerkt mit seiner höfisch feinen Ironie, daß der große Napoleon den »Werther« zwar sehr aufmerksam studiert habe, jedoch so, wie ein Kriminalrichter seine Akten. Die Kritik Napoleons verkennt offensichtlich den breiten und umfassenden Charakter der Werther-Frage. Natürlich wäre der »Werther« auch als Tragödie einer Liebe eine große typische Gestaltung des Problems der Periode gewesen. Goethes Absichten gingen aber tiefer. Er zeigt in der Gestaltung der leidenschaftlichen Liebe den unlösbaren Widerspruch zwischen Persönlichkeitsentwicklung und bürgerlicher Gesellschaft. Und dazu war notwendig, daß wir diesen Konflikt auf allen Gebieten der menschlichen Tätigkeit miterleben können. Die Kritik Napoleons ist eine – von ihm aus verständliche – Ablehnung dieser Allgemeingültigkeit des tragischen Konflikts im »Werther«.

Durch diesen scheinbaren Umweg kommt das Werk zur Katastrophe. Bei der Katastrophe selbst muß noch darauf hingewiesen werden, daß Lotte Werther wiederliebt und durch die Explosion seiner Leidenschaft zum Bewußtsein dieser Liebe gebracht wird. Gerade dies bringt aber die Katastrophe hervor: Lotte ist eine bürgerliche Frau, die an ihrer Ehe mit dem tüchtigen und geachteten Mann instinktiv festhält und vor der eigenen Leidenschaft erschreckt zurücktaumelt. Die Werther-Tragödie ist also nicht nur die Tragödie der unglücklichen Liebesleidenschaft, sondern die vollendete Gestaltung des inneren Widerspruchs der bürgerlichen Ehe: sie ist auf individuelle Liebe basiert, mit ihr entsteht historisch die individuelle Liebe – ihr ökonomisch-soziales Dasein steht aber in unlösbarem Widerspruch zur individuellen Liebe.

Die sozialen Pointen dieser Liebestragödie unterstreicht Goethe ebenso deutlich wie diskret. Nach einem Zusammenstoß mit der feudalen Gesellschaft der Gesandtschaft fährt Werther ins Freie und liest jenes Kapitel des Odyssee, in welchem der heimkehrende Odysseus sich mit dem Schweinehirten menschlich und kameradschaftlich unterhält. Und in der Nacht des Selbstmordes ist das letzte Buch, das Werther liest, der bisherige Gipfelpunkt der revolutionären bürgerlichen Literatur, die »Emilia Galotti« Lessings.

»Werthers Leiden« ist einer der größten Liebesromane der Weltliteratur, weil Goethe das ganze Leben seiner Periode mit allen ihren Konflikten in diese Liebestragödie konzentriert hat.

Eben darum geht die Bedeutung des »Werther« über die treffende Schilderung einer bestimmten Periode hinaus und gewinnt eine Wirkung, die weit ihre Zeit überdauert. Der alte Goethe sagt in einem Gespräch mit Eckermann über die Gründe dieser Wirkung folgendes: »Die vielbesprochene Werther-Zeit gehört, wenn man es näher betrachtet, freilich nicht dem Gang der Weltkultur an, sondern dem Lebensgange jedes einzelnen, der mit angeborenem freiem Natursinn sich in die beschränkenden Formen einer veralteten Welt finden und schicken lernen soll. Gehindertes Glück, gehemmte Tätigkeit, unbefriedigte Wünsche sind nicht Gebrechen einer besonderen Zeit, sondern jedes einzelnen Menschen, und es müßte schlimm sein, wenn nicht jeder einmal in seinem Leben eine Epoche haben sollte, wo ihm der ›Werther‹ käme, als wäre er bloß für ihn geschrieben.«

Goethe übertreibt hier ein wenig den »zeitlosen« Charakter des »Werther«, er verschweigt, daß jener individuelle Konflikt, in welchem nach seiner Auffassung die Bedeutung seines Romans liegt, eben der Konflikt von Persönlichkeit und Gesellschaft in der bürgerlichen Gesellschaft ist. Er betont aber gerade durch diese Einseitigkeit die tiefe Allgemeinheit des »Werther« für den ganzen Bestand der bürgerlichen Gesellschaft.

Als der alte Goethe eine Rezension über sich in der französischen Zeitschrift »Globe« las, in welcher sein »Tasso« ein »gesteigerter Werther« genannt wurde, hat er dieser Bezeichnung begeistert zugestimmt. Mit Recht. Denn der französische Kritiker hat sehr richtig die Verbindungsfäden aufgezeigt, die vom »Werther« über Goethes spätere Produktion in das 19. Jahrhundert führen. Im »Tasso« sind die Probleme des »Werther« gesteigert, energischer auf die Spitze getrieben, aber gerade darum erhält der Konflikt bereits eine weit weniger reine Lösung. Werther zerschellt an dem Widerspruch zwischen menschlicher Persönlichkeit und bürgerlicher Gesellschaft, er geht aber rein tragisch zugrunde, ohne seine Seele durch Kompromisse mit der schlechten Wirklichkeit der bürgerlichen Gesellschaft zu beschmutzen.

Die Tragödie des Tasso leitet insofern die große Romandichtung des 19. Jahrhunderts ein, als hier bereits die tragische Lösung des Konflikts weniger eine heroische Explosion als ein Ersticken in Kompromissen ist. Die Linie des »Tasso« wird dann zu einem leitenden Thema des großen Romans des 19. Jahrhunderts von Balzac bis zu unseren Tagen. Von einer sehr großen Anzahl der Helden dieser Romane läßt sich – freilich nicht in einer mechanisch-schematischen Weise – sagen, daß sie »gesteigerte Werther« sind. Sie gehen an denselben Konflikten zugrunde wie Werther. Ihr Untergang ist aber weniger heroisch, unrühmlicher, durch Kompromisse, durch Kapitulationen beschmutzter. Werther tötet sich, gerade weil er von seinen humanistisch-revolutionären Idealen nichts aufgeben will, weil er in diesen Fragen keine Kompromisse kennt. Diese Gradlinigkeit und Ungebrochenheit seiner Tragik verleiht seinem Untergang jene strahlende Schönheit, die auch heute den unverwelkbaren Zauber dieses Buches bildet.

Diese Schönheit ist nicht bloß das Resultat der Genialität des jungen Goethe. Sie rührt daher, daß der »Werther«, obwohl sein Held an einem allgemeinen Konflikt der ganzen bürgerlichen Gesellschaft zugrunde geht, doch das Produkt der vorrevolutionären heroischen Periode der bürgerlichen Entwicklung ist. So wie die Helden der Französichen Revolution, von heroischen, geschichtlich notwendigen Illusionen erfüllt, heldenhaft strahlend in den Tod gingen, so geht Werther in der Morgenröte der heroischen Illusionen des Humanismus vor der Französischen Revolution tragisch unter.

Goethe hat nach übereinstimmender Darstellung seiner Biographen die Werther-Periode bald überwunden. Das ist eine unbestreitbare Tatsache. Und es steht außer Frage, daß die spätere Entwicklung

Goethes vielfach weit über den Horizont des »Werther« hinausgeht. Goethe hat den Zerfall der heroischen Illusionen der vorrevolutionären Periode erlebt und in einer eigenartigen Weise trotzdem an den humanistischen Idealen festgehalten, sie in einer anderen, umfassenderen und reicheren Weise im Konflikt mit der bürgerlichen Gesellschaft dargestellt.
Aber das Gefühl für das Unverlierbare dessen, was an Lebensgehalt im »Werther« gestaltet war, ist in ihm stehts lebendig geblieben. Er hat den »Werther« nicht in jenem vulgären Sinne überwunden, wie dies die meisten seiner Biographen meinen, in dem Sinne, wie der klug gewordene, mit der Wirklichkeit sich abfindende Bürger seine »Jugendtorheiten« überwindet. Als er fünfzig Jahre nach dem Erscheinen des »Werther« ein neues Vorwort zu ihm schreiben wollte, schrieb er das ergreifende erste Stück der »Trilogie der Leidenschaft«. In diesem Gedicht spricht er das Verhältnis zum Helden seiner Jugend so aus:

»Zum Bleiben ich, zum Scheiden du erkoren,
Gingst du voran – und hast nicht viel verloren.«

Diese melancholische Stimmung des alten und reifen Goethe zeigt am klarsten die Dialektik seiner Überwindung des »Werther«. Die gesellschaftliche Entwicklung ist über die Möglichkeit der ungebrochenen reinen Tragik des »Werther« hinweggeschritten. Der große Realist Goethe bestreitet diese Tatsache nicht. Die tiefe Erfassung des Wesens der Wirklichkeit ist ja immer die Grundlage seiner großen Poesie. Aber er fühlt zugleich, was er, was die Menschheit mit dem Vergehen jener heroischen Illusionen verloren hat. Er fühlt, daß die strahlende Schönheit des »Werther« eine nie wiederkehrende Periode der Menschheitsentwicklung bezeichnet, jene Morgenröte, auf die der Sonnenaufgang der Großen Französischen Revolution gefolgt ist.

[1936]

Aus: Georg Lukács: Werke. Bd. 7. Deutsche Literatur in zwei Jahrhunderten. Goethe und seine Zeit. Hermann Luchterhand Verlag: Berlin/Neuwied 1964. S. 53ff.

Jörn Göres
Zweihundert Jahre Werther

Die Situation des erstmals zur Michaelismesse im September 1774 erschienenen Romans von den ›Leiden des jungen Werthers‹ charakterisierte als einer der ersten Rezensenten Christoph Martin Wieland in seinem ›Teutschen Merkur‹ vom Dezember 1774 mit einem einzigen Satz: »Unzufriedenheit mit dem Schicksal ist eine der allgemeinen Leidenschaften ...« Wieland bezeichnete damit sowohl die Verhältnisse des unglücklichen Romanhelden und die Ursache der begeisterten Aufnahme des Werkes bei den Zeitgenossen – als auch die dem Roman zugrunde liegenden biographischen Begebenheiten. Diese sind schnell in die Erinnerung zurückgerufen:

Am 25. Mai 1772 trägt sich Goethe in die Matrikel der Rechtspraktikanten am Reichskammergericht in Wetzlar ein, um in seiner juristischen Ausbildung fortzufahren.

Am 9. Juni 1772 lernt Goethe im Deutschordenshaus in Wetzlar Charlotte Buff, die zweitälteste Tochter des Ordensamtmannes, kennen, um sie auf einen Ball im nahen Volpertshausen zu begleiten.

Zu welcher Leidenschaft die Begegnung mit diesem einem anderen – dem Gesandtschaftssekretär Johann Christian Kestner – schon so gut wie versprochenen jungen Mädchen entflammte, belegt die Tatsache, daß Goethe sein damals bereits wiederholt erprobtes und später noch oftmals angewendetes Rezept zur Bewahrung seiner Existenz befolgte, indem er am

11. September 1772 die Flucht ergriff und ohne Abschied Wetzlar verließ.
Sieben Wochen später, am 30. Oktober 1772, begeht dort ein junger Mann die Verzweiflungstat, mit der Goethe sich nur getragen hatte: Der braunschweigische Gesandtschaftssekretär am Reichskammergericht, Carl Wilhelm Jerusalem, erschießt sich. – Die Voraussetzungen und Umstände dieses Selbstmordes wirken auf Goethe gespenstisch: Jerusalem war ein hochintelligenter, feinsinniger, Kunst und Wissenschaften gegenüber aufgeschlossener, ja selber schriftstellerisch tätiger junger Mensch. Seine empfindsame Natur wendete sich durch Differenzen mit dem Vorgesetzten, Verkennen seiner Fähigkeiten und gesellschaftliche Kränkung zu Melancholie und Pessimismus. Der Jerusalems Tat zuletzt auslösende Vorfall war das Hausverbot, das ihm der Geheime Sekretär Herd erteilte, um eine Schwärmerei für seine Gattin Elisabeth zu unterbinden.
Jerusalem schickte zu dem ahnungslosen Kestner – Lottes Verlobten – mit der Bitte, ihm »zu einer vorhabenden Reise« seine Pistolen zu leihen. (Wir zeigen Ihnen als Leihgabe der Nationalen Forschungs- und Gedenkstätten der klassischen deutschen Literatur in Weimar ein Faksimile dieses makabren Billetts, weil das Original – ob aus nachträglichem Entsetzen über die wahre Bedeutung seiner Worte, wissen wir nicht – in zwei Teile zerrissen wurde und sich solcherweise in einem sehr anfälligen Zustand befindet.)
Jerusalems Schicksal findet in Goethe einen Teilnehmenden – nicht von der Art des achselzuckenden Bedauerns, sondern des geheimen Bewußtwerdens, daß dieses Schicksal auch ihm möglich wäre.
Zum Handeln führt Goethe allerdings erst die Wieder-

holung seines eigenen Wetzlarer Erlebnisses: Auf der Flucht eilte er im September 1772 lahnabwärts nach Ehrenbreitstein zu seiner mütterlichen Freundin Sophie La Roche und – wendete sich deren Tochter Maximiliane zu. Im August 1773 kommen Mutter und Tochter nach Frankfurt. Nur wenige Monate später, am 9. Januar 1774, heiratet Maximiliane den kurtrierischen Residenten Peter Anton Brentano. Betroffen von Brentanos Eifersucht, zieht sich Goethe zurück und greift – nicht wie Jerusalem zur Pistole, sondern – zur Feder!

Innerhalb nur weniger Wochen schreibt Goethe jetzt den Roman von den »Leiden des jungen Werthers« nieder und befolgt damit ein zweites Rezept, das er – wie das der existenzbewahrenden Flucht – von früh an übte und bis zum Ende seines Lebens anwendete: »Nämlich«, wie er in »Dichtung und Wahrheit« bekennt, »dasjenige, was mich erfreute oder quälte, oder sonst beschäftigte, in ein Bild, ein Gedicht zu verwandeln und darüber mit mir selbst abzuschließen, um sowohl meine Begriffe von den äußeren Dingen zu berichtigen, als mich im Innern deshalb zu beruhigen.«

Was Goethes »Begriffe von den äußeren Dingen« betraf, so war nun Gelegenheit, den Roman nicht nur zum Gegenstand einer tragischen Liebesgeschichte zu machen, sondern diese vielmehr zum Spiegel der Verhältnisse ihrer Zeit zu nutzen. Die geistesgeschichtlichen und politischen Regungen einer Generation, ästhetische und philosophische, theologische und gesellschaftliche Fragen drängen sich in diesem wie konkav wirkenden Spiegel zusammen und bündeln sich zu einem Brennpunkt, der die damaligen Leser zu Pro und Contra gestimmter Leidenschaft steigerte.

In unserer Ausstellung zeigen wir Ihnen sowohl Zeugnisse der Hauptströmungen jener Zeit als auch Zeugnisse der leidenschaftlichen Auseinandersetzungen um den ›Werther‹-Roman selber.
Gerade weil alle diese Zeitfragen sich zum Schicksal Werthers verdichten, fühlten sich alle Zeitgenossen angesprochen, unter welchem Gesichtspunkt und auf welcher Ebene auch immer. »Die Leiden des jungen Werthers« wurden im Hinblick auf ihre Ursache wie auf ihre Folgen von den Gebildeten der Aufklärung, der Empfindsamkeit und der Orthodoxie ebenso diskutiert, befürwortet und bekämpft, wie sie die einfachen – oder soll man sagen: »unverbildeten«? – Kreise erlebten.
Und das war nicht nur in deutschen Landen so: 1775 fertigte der Weimarer Kammerherr Siegmund Freiherr von Seckendorff die erste französische Übersetzung an, die in Frankreich nicht nur rasche Aufnahme fand, sondern das Interesse in einem Maße weckte, daß schon 1776 und 1777 jeweils neue, nun von Franzosen geleistete Übersetzungen folgen konnten. – In England kam die erste Übersetzung 1779 auf den Markt. Wenig später beschäftigten sich gleich zwei Italiener mit ›Werther‹-Übersetzungen, die aber erst 1796 erschienen. Dagegen datiert die erste russische Übersetzung schon von 1781, die erste niederländische von 1790, eine schwedische von 1796, die erste spanische von 1803, und schließlich folgt mit weitem Abstand 1820 die erste dänische, obgleich der Übersetzer beteuert, daß er sein Werk schon 1814 abgefaßt habe, ihm aber die Druckerlaubnis verweigert worden wäre auf Grund eines Gutachtens, das der Hof eigens von der Theologischen Fakultät zu Kopenhagen eingeholt hatte und das da lautete: »Dieser Roman muß für eine

Schrift angesehen werden, welche die Religion bespottet, das Laster beschönigt, Herz und gute Sitten verderben kann; für unschuldige und nicht feste Menschen um so gefährlicher, als der Verfasser sich Mühe genug gegeben hat, alles in schönem Stil und in blühender Sprache vorzubringen.« –
Das war nun endlich auf Regierungsebene das, was sich der Hamburger Hauptpastor Goeze – bekannt durch seine Auseinandersetzung mit Lessing – in einer Streitschrift wider den ›Werther‹ zur Erhaltung der guten Sitten schon 1775 gewünscht hatte: »Man hat mir sagen wollen« – eiferte Goeze damals – »daß die Leiden des jungen Werthers in Leipzig confiscirt, und bey hoher Strafe verboten wären. Wie sehr ist zu wünschen, daß diese Nachricht Grund haben möge! Solte dieses auch nicht seyn, so wäre es doch zu wünschen, daß alle Obrigkeiten diesen Schluß noch fassen, und solchen auf die eclatanteste Art die möglich ist, vollziehen möchten. Ich weis zwar wol, daß dieses Mittel nicht zureicht, dieses, so weit ausgestreute giftige Unkraut, auszurotten; allein die Wirkung würde es doch haben, daß dadurch die Vorstellungen, welche durch diese so giftige Schrift in vielen, sonderlich jungen Gemüthern, veranlasset worden sind, kräftig alteriert und den leichtsinnigen Recensenten Zaum u. Gebis angelegt würden, daß sie es sich nicht ferner unterstehen würden, ihre Posaunen zum Lobe solcher Schriften zu erheben.«
Nun, gewiß: Der Herr Hauptpastor ereiferte sich wieder einmal. Aber das Problematische des Romans hatte er erkannt. Nur verstand er die Wirkung als Ursache: Er hielt den Spiegel für den Schuldigen und nicht das, was sich an Fragwürdigem der Zeitverhältnisse darinnen abzeichnete. Aber auch in seinem Verlangen,

das Spiegelbild auszulöschen, hatte er so unrecht nicht, denn in der Tat gab es Fälle, daß sich junge Leute mit diesem identifizierten – bis zur letzten Konsequenz: So wissen wir von einem Fräulein von Laßberg, das sich aus unglücklicher Liebe mit dem ›Werther‹-Roman in der Rocktasche in der Ilm ertränkte. Auch andere tragische Fälle, die mit der ›Werther‹-Lektüre in Zusammenhang standen, sind bekannt. Solches voraussetzend, hatte Lessing schon 1774 geraten: »Ein Paar Winke hinterher, wie Werther zu einem so abentheuerlichen Charakter gekommen; wie ein anderer Jüngling, dem die Natur eine ähnliche Anlage gegeben, sich davor zu bewahren habe. Denn ein solcher dürfte die poetische Schönheit leicht für die moralische nehmen und glauben, daß der gut gewesen seyn müsse, der unsre Theilnehmung so stark beschäftigt.« Lessing hatte die Identifizierung von ästhetischen und ethischen Gesichtspunkten richtig vorausgesehen.

Diese Identifizierung war die eigentliche Ursache des damals ausbrechenden »Werther-Fiebers«. Aber die von diesem Fieber Befallenen wiesen das von Lessing gemeinte Heilmittel entschieden ab. So schrieb der mit Goethe gleichaltrige Heinse in beider Freundes Jacobi Frauenzeitschrift »Iris«: »Für diejenigen Damen, die das edle volle Herz des unglücklichen Werthers bey Lotten für die jugendliche unwahrscheinliche Schüchternheit, und seinen Selbstmord mit einigen Philosophen für unmöglich halten, ist das Büchlein nicht geschrieben.« Heinse plädierte damit entschieden für das »Herz« gegenüber dem »Kopf« und damit für das Erleben statt des Räsonierens.

Aufgeregt von dem bis dahin unerhörten Geschehen des Romans, kam es zu tränenfeuchten Nachdichtungen und – im Gegenzug – zu alle Empfindungen erstickenden und – wirksamer noch –: entlarvenden Parodien. In der gehobenen wie in der trivialen Literatur rangierte das Werther-Thema bald in den Vordergrund, wobei nicht selten Lotte zur Titelheldin wurde: »Die Leiden der jungen Wertherinn« ist ein Buch überschrieben, mit dem schon 1775 sein anonymer Verfasser (August Cornelius Stockmann) parallel den Briefen Werthers Lottes Briefe von der ersten Begegnung mit Werther bis zu ihrem Tode vorführt. Ähnliche Abwandlungen des Themas gibt es in der Folge in England und Frankreich. Die Grundtendenz aller dieser Nach- und Umdichtungen ist die Übersteigerung, weil man sich von der Intensivierung dessen, was die Empfindung anging, einen noch größeren Erfolg versprach. In der Regel führte das zur unfreiwilligen Parodie. Die bewußten Parodien sind dagegen meistens als Theaterstücke abgefaßt – schon weil auf dem Theater mit Hilfe der Gestik die Umwandlung des Tragischen ins Groteske anschaulich werden konnte – oder man hat die Parodien in Gedichtform geschrieben, wobei denn in der Form des Bänkelsängerliedes ein merkwürdiger Zwitter entstand; dergestalt, daß der Autor eine Parodie schrieb, der Sänger aber glaubte, eine wirkliche Schauerbegebenheit vorzutragen. So schrieb Bretschneider an Nicolai über seine Verse ›Eine entsetzliche Mordgeschichte von dem jungen Werther...‹: »Ich habe mich verführen lassen, die Leiden des jungen Werthers schlecht genug zu travestieren. Der preußische Legationssekretär Ganz schickte mir zum Spaß einen Bänkelsänger hierher nach Usingen, der mich um eine Mordgeschichte bitten mußte; ich setzte ihm das Ding auf, das er gewiß in künftiger Messe zu Frankfurt öffentlich absingen wird. Denn der Mann weiß nichts von Goethe und Werther...«

Dagegen waren ein ›Werther‹-Ballett und ein ›Werther‹-Feuerwerk ganz ernst gemeint, obwohl uns heute schwerfällt, uns besonders das letztere von beiden überzeugend vorzustellen.

Ein anderes Kapitel der ›Werther‹-Aufnahme ist das Verlangen nach Illustrationen: Das Erlebnisbedürfnis forderte – damals wie heute – Anschauung. Verständlicherweise konzentrierten sich demgemäß die Illustrationen auf die einzelnen Höhe- und Wendepunkte des Romans, wodurch es sehr bald zu einer verhältnismäßig strengen Überlieferung kam, die am Ende zum Klischee verflachte. Das ist besonders anschaulich an einer Folge englischer Kupferstiche, die sich ihrer betonten, in der Tradition der Empfindsamkeit des englischen Romans stehenden Rührseligkeit wegen größter Beliebtheit erfreuten und eben deshalb einem regen Nachdruck unterworfen waren.

Wie in England die empfindsame Darstellung ins Extrem gesteigert worden war, so erscheint es nur natürlich, daß in England auch das Pendel am weitesten nach der entgegengesetzten Seite ausschlug und es hier zu den krassesten ›Werther‹-Karikaturen kam.

Überhaupt spiegeln sich in den nach Ländern unterscheidbaren ›Werther‹-Illustrationen die Nationalcharaktere: Zum Beispiel gewinnen die französischen Darstellungen auch den dramatischsten Momenten immer noch eine elegante Bewegung ab; so etwa, wenn die Szene der Pistolenübergabe Lotte trotz aller Erregung in graziöser Haltung zeigt und noch etwa ein Schoßhündchen hinzuspringt, von dem im Roman gar keine Rede ist.

Dagegen halten sich die deutschen Illustrationen auch im Detail konsequent an die Textvorlage. Sie beschränken sich in der Regel auf bildliche Registrierung der Szenen und strahlen nur in Ausnahmefallen wie Chodowiecki und Ramberg etwas über die reine Darstellung Hinausgehendes aus. In der Mehrheit interessierten sich die Zeitgenossen nur für die Liebesgeschichte. So wurden denn neben der als authentisch angesehenen Silhouette Lottens besonders die Idealporträts des Paares, wie sie Chodowiecki dem Himburgischen Raubdruck vorangestellt hatte, zum Inbegriff des ›Werther‹-Kultes. Unser wertvollstes Zeugnis in dieser Hinsicht ist die im Auftrage eines nicht bekannten ›Werther‹-Enthusiasten als Einzelstück angefertigte Ziertasse der Meißener Porzelanmanufaktur, deren Untertasse das Bildnis Lottens und deren Obertasse das Werthers trägt, während den Deckel als Zugabe Amor ziert, der in der Betrachtung zweier vor ihm am Boden liegenden Herzen versunken ist.

Von dieser Ziertasse ist es nur noch ein Schritt zur Verwendung der ›Werther‹-Motive im täglichen Gebrauch: Goethe selber hatte seinerzeit den Anfang gemacht, als er und seine Freunde in ›Werther‹-Tracht – blauer Rock, gelbe Hose und Stiefel mit braunen Stulpen – zur ersten Reise in die Schweiz aufbrachen. Nach Goethes Ankunft in Weimar kleidete sich sogar der junge Herzog so, und der für Überlieferung von Weimarer Klatsch berüchtigte Carl August Böttiger schreibt in seinen Erinnerungen: »Alle Welt mußte damals im Wertherfrack gehen... und wer sich keinen schaffen konnte, dem ließ der Herzog einen machen.« – Lottens Aufmachung – weißes Kleid mit blaßroten Schleifen – findet ihren Niederschlag noch auf einer als Anregung gedachten Abbildung im »Journal des Luxus und der Moden« vom Januar 1787! Für Damen hielt der Handel Fächer mit ›Werther‹-Motiven von

der Art bereit, wie die Ausstellung ein nachträglich auf Seide gedrucktes Muster von Chodowiecki zeigt. Ja, wir haben Zeugnisse dafür, daß ›Werther‹-Motive sogar hauswirtschaftliches Gerät zierten. – Man sieht: Es gab auch damals schon findige Geschäftsleute, die sich mit der uns heute ganz vertrauten Methode einen besseren Verkauf ihrer Ware versprachen.
Doch Erfolg versprach das alles nur deshalb, weil der ›Werther‹ zuvor im Allgemeinbewußtsein einen festen Platz eingenommen hatte: Von diesem Allgemeinbewußtsein zeugt, daß man die inzwischen in Almanachen und Taschenbüchern mit Notenbeilagen (!) erschienenen Lieder Lottens – die im Roman nur erwähnt werden – sang, daß man Werther in Stammbüchern zitierte, dort auch Chodowieckis Vignette der herzbewegenden Szene vor dem Kanapee zum Zeichen des damals bereits nicht mehr geheimen Einvernehmens kopierte und den ›Werther‹-Ton sogar im privaten Briefstil nachahmte – womit denn auf ganz unerwartete, aber durchaus logische Weise vom Höhepunkt der Entwicklungsgeschichte des Briefromans auf deren Ursprung zurückgegriffen wurde.
Denn am Anfang dieser im 18. Jahrhundert so überaus erfolgreichen Romangattung stand ein Verlegerauftrag, der lautete, eine Sammlung beispielhafter Briefe für alle jene abzufassen, »die nicht fähig sind, sich selbständig auszudrücken«. – Der Beauftragte wollte sich aber zu einer zusammenhanglosen Anzahl von Stilübungen nicht verstehen, sondern ordnete sie zu einer Folge, indem er den Musterbriefen eine gleichfalls beispielhafte moralische Handlung unterlegte. So entstand 1740 Richardsons »Pamela oder die belohnte Tugend« – ein Werk, das sich alsbald größter Beliebt-

heit erfreute und ganze Generationen von Briefromanen – auch in Deutschland – nach sich zog.
Der berühmteste Enkel dieser moralischen Großmutter – Werther – war jedoch gar nicht moralisch im hergebrachten Sinne; und eben das war es ja, was man ihm vorwarf. Schon seine – Statur, wenn man im Bilde der Familie bleiben will, fiel aus der Erblinie: Denn machte bisher den Briefroman die Korrespondenz, der Briefwechsel aus, so sind es im ›Werther‹ nur noch die Briefe einer Seite, die Briefe Werthers allein, die wir zu lesen bekommen, während der Briefpartner – Wilhelm – allenfalls einmal indirekt durch Werthers Antwortschreiben in Erscheinung tritt. Diese und andere entscheidende Charakterzüge – wie die Parallelität von jahreszeitlichem Geschehen und Werthers seelischer Entwicklung – entdeckte bereits 1775 Friedrich von Blanckenburg in seiner Berühmtheit verdienenden, aber offenbar schon von seinen Zeitgenossen wenig gelesenen ›Werther‹-Rezension.
Blanckenburgs Entdeckung – die wir Ihnen, wie alles, was ich hier erwähne, in der Ausstellung vorführen – ist deshalb so wichtig, weil sie den konsequenten Subjektivismus als Werthers Eigentümlichkeit – und Krankheit diagnostiziert: Indem nur Werthers Briefe mitgeteilt werden, schränkt sich der ursprüngliche Briefwechsel zum Monolog ein und ermöglicht eine ununterbrochene Folge subjektiver Mitteilungen. Diese Subjektivität ergreift im Roman nicht nur die Jahreszeiten, um sich darin zu spiegeln und auszuleben, sondern sie eignet sich auch eine Fülle literarischer Zeugnisse an, womit deutlich wird, daß der Roman des ›armen Werthers‹ keine naive Natur, sondern einen höchst belesenen Menschen darstellt. – So werden Szenen aus Homers Odyssee und Ilias ange-

führt und gleichsam zu Werthers Subjektivismus umfunktioniert; literarische Topoi – in der Überlieferung feststehende Bedeutung von Redeformen und Bildzusammenhängen – werden eingeschmolzen und als scheinbar ursprüngliche Äußerungen wieder produziert, um Werthers Subjektivität perspektivisch zu vertiefen (ein Verfahren übrigens, das, durch die objektivierende Schule der klassischen Jahre gegangen, als »wiederholte Spiegelungen« noch Goethes Altersstil charakterisiert). Schließlich leitet die Katastrophe der Romanhandlung ein subjektivierender Kunstgriff ein, der zum Raffiniertesten literarischer Techniken überhaupt gehört: Werther zitiert seinen eigenen Autor! In ihrer Beklemmung über Werthers wider die Absprache begangenen Besuch fragt Lotte: »Haben Sie nichts zu lesen?« – »Er hatte nichts«, vermerkt der Autor, um sogleich Lotte fortfahren zu lassen: »Da drin in meiner Schublade... liegt Ihre Übersetzung einiger Gesänge Ossians; ich habe sie noch nicht gelesen, denn ich hoffte immer, sie von Ihnen zu hören...« Und so liest Werther als letzte Aufgipfelung seines und ihres süßen Schmerzes Lotte seine Übersetzung der von James Macpherson durch gälische Mundart künstlich altgemachten und Ossian zugeschriebenen Gesänge vor – die keine andere ist als die, welche Goethe 1771 für seine Sesenheimer Freundin Friederike Brion anfertigte, für das Mädchen, gegenüber dem Goethe – wie er bekennt – zum ersten Male schuldig wurde.

Sie werden diese – biographisch wie literarisch – schicksalsträchtigen vierzehn mit einem blauen Faden zusammengehaltenen Seiten aus Friederikens Nachlaß sehen.

Doch, meine sehr verehrten Damen und Herren, was

soll uns das alles: diese nun an 200 Jahre alten empfindsamen Ausbrüche einer sich zu ihrer Subjektivität bekennenden Existenz und die ebenso alte erregte Diskussion darum samt den in der Mehrheit kuriosen Begleit- und Folgeerscheinungen? – Wir leben in einer nüchternen Zeit, die vom Verstand regiert wird. Wir unterwerfen uns gewissen gesellschaftlichen Dogmen, richten uns, ohne viel darüber nachzudenken, in ihnen ein, sehen zu, möglichst wenig Anstoß zu erregen, um auf diese Weise unser Auskommen und wo möglich noch manches darüber hinaus zu finden, das uns dann ein Höchstmaß an Freizeit ermöglicht – mit der am Ende mancher nichts anzufangen weiß.
Genau diese Momente sind es aber, die auch Werthers Zeit und Zeitgenossen charakterisieren! Denn 1771/72, auf welche Jahre die Romanbriefe datiert sind, ist die Zeit der – sagen wir einmal: – profanen Aufklärung; das heißt, die Zeit, in der die rationalen Leistungen der Aufklärung so weit Allgemeingut geworden waren, daß sie von der Menge zu einem entseelten Verhaltensschema vereinfacht praktiziert wurden. Dagegen lief Werther Sturm und drang auf einen Ausweg. – Aber hören wir ihn selber: »Man kann zum Vorteil der Regeln viel sagen, ungefähr, was man zum Lobe der bürgerlichen Gesellschaft sagen kann. Ein Mensch, der sich nach ihnen bildet, wird nie etwas Abgeschmacktes und Schlechtes hervorbringen, wie einer der sich durch Gesetz und Wohlstand modeln läßt, nie ein unerträglicher Nachbar, nie ein merkwürdiger Bösewicht werden kann; dagegen wird aber auch alle Regel, man rede, was man wolle, das wahre Gefühl von Natur und den wahren Ausdruck derselben zerstören!«
Den Medicus der Stadt nennt Werther demgemäß

wegen dessen konventioneller Grundsätze »eine sehr dogmatische Drahtpuppe«. Und von den Bürgern ganz allgemein berichtet er: »Die meisten arbeiten den größten Teil der Zeit, um zu leben, und das bißchen, das ihnen von Freiheit übrigbleibt, ängstigt sie so, daß sie alle Mittel aufsuchen, um es loszuwerden.«
Wie modern sich das anhört! – Freilich arbeiten heute bei uns die meisten den größten Teil der Zeit nicht, um zu leben, sondern um besser zu leben. Und die in unserer Zeit eigentlich erreichte Arbeitszeitverkürzung ist ein so ernstes Problem geworden, daß sich eine ganze Anzahl Institutionen mit ihr befaßt – nicht, um den Arbeitsausfall aufzuholen, sondern um die gewonnene Freizeit zu gestalten!
Die von Werther bezeichnete Angst vor der Leere der freien Zeit ist eines der gewichtigsten sozialen Probleme unserer Jahre geworden. Mancher stürzt sich auf der Flucht vor seiner freien Zeit kopfüber in neue Arbeit und wälzt damit die Frage, wozu das alles am Ende gut sei, nur ein weiteres Mal vor sich her.
Angesichts solcher Situation reflektiert Werther: »Wenn ich die Einschränkung ansehe, in welcher die tätigen und forschenden Kräfte des Menschen eingesperrt sind; wenn ich sehe, wie alle Wirksamkeit da hinausläuft, sich die Befriedigung von Bedürfnissen zu verschaffen, die wieder keinen Zweck haben, als unsere arme Existenz zu verlängern, und dann, daß alle Beruhigung über gewisse Punkte des Nachforschens nur eine träumende Resignation ist, da man sich die Wände, zwischen denen man gefangen sitzt, mit bunten Gestalten und lichten Aussichten bemalt. – Das alles, Wilhelm, macht mich stumm. Ich kehre in mich selbst zurück, und finde eine Welt! Wieder mehr in Ahnung und dunkler Begier als in Darstellung und

lebendiger Kraft. Und da schwimmt alles vor meinen Sinnen, und ich lächle dann so träumend weiter in die Welt.«

Es ist dies eine Art innerer Emigration aus der Betriebsamkeit der »bürgerlichen Gesellschaft (ein Begriff, der also schon im ›Werther‹ vorkommt und nicht erst ein Terminus technicus des Marxismus ist!) Die eben erläuterte »innere Emigration« ist geeignet, den von Werther verkörperten Subjektivismus zu rechtfertigen, sofern Werther in sich selber eine andere Welt findet, wenngleich auch »mehr in Ahnung und dunkler Begier«. Werther sieht die »fatalen bürgerlichen Verhältnisse« – wie er sich ausdrückt im Brief vom 24. XII. [71] –; er hat das »glänzende Elend, die Langeweile unter dem garstigen Volke« kennengelernt samt Standesdünkel. Sein Subjektivismus erscheint unter diesem gesellschaftlichen Aspekt als Protest gegen die bestehenden Verhältnisse. Die Werther am nächsten stehenden Jahrgänge unter den zeitgenössischen Lesern faßten das Buch auch direkt so auf; und selbst die vielen, die dann das Buch allein der empfindsam-tragischen Liebesgeschichte wegen lasen und sich mit ihr mehr oder weniger konsequent identifizierten, taten das doch nur deshalb, weil sie unbewußt seine Grundhaltung teilten. Der protestbedingte Subjektivismus des Buches ist zugleich die Erklärung dafür, warum – wie Lessing voraussah – die »poetische Schönheit« für eine »moralische« genommen wurde: denn der Subjektivismus erscheint zwar als »poetische Schönheit«, aber seine Ursache ist der »moralische« Protest.

Indem somit Werthers Problem auf seinen Kern reduziert ist, offenbart es sich als Problem der jungen Generationen überhaupt. Sie haben sich zu allen Zeiten dann gegen die bestehenden Verhältnisse aufgelehnt, wenn diese nicht mehr ausreichten, ihnen die Bestätigung ihrer wie auch immer gekennzeichneten moralischen Ideale zu sein. Die Emigration aus den bestehenden Verhältnissen in eine eigene Welt, die dann freilich immer »mehr in Ahnung und dunkler Begier« als in exakter Gestaltung erlebt wird, ist die Reaktion. Die Zeit seit Werther lehrt das am Beispiel der »Burschenschaft« während der »Restaurationszeit« nach 1815, der »Jugendbewegung« in den wohlsituierten Jahren zu Anfang unseres Jahrhunderts, in denen die in Konventionen erstarrten Lebensformen als unecht empfunden wurden – und sie lehrt es zuletzt am Beispiel unserer eigenen jungen Generation gegenüber den etablierten Gesellschaftsverhältnissen der Gegenwart.

Die oftmals mit gekränkt-verärgertem Unterton zu hörende Frage, warum sich denn die jungen Leute – gelinde gesagt: – so eigenwillig gebärdeten, wo doch unsere Zeit es auf allen Gebieten so herrlich weit gebracht habe, erinnert im Vergleich mit dem ›Werther‹-Roman an die Aufklärung, die nicht begreifen konnte, daß es gerade die entseelende Perfektion war, die eine ganze Generation zum Ausbruch trieb.

Die damals von Werther und seinen jungen Zeitgenossen gewählte Emigration in eine eigene und andere Welt zeigt verblüffende Parallelen zum Verhalten unserer jungen Generation:

Wie Werther schon in einem seiner frühesten Briefe der Klage über den Jammer des in seine Verhältnisse eingeschränkten Menschen die Gewißheit eröffnet, »daß er diesen Kerker verlassen kann, wann er will«, und damit bereits am Anfang des Romans – vor Beginn aller Liebesgeschichte – das Selbstmordmotiv leise präludiert, so sinnen viele unserer jungen Leute darauf, wenn auch nicht ein für allemal, doch zeitweilig, und nicht mit Pulver und Blei, sondern mit Hilfe von Drogen, aus den ihren Empfindungen und Vorstellungen nicht gemäßen Verhältnissen und Bedingnissen unserer Welt auszusteigen. In der Rauschgiftbekämpfung ist man sich längst darüber klar, daß gerade die entseelte Perfektion unserer Verhältnisse einer der wesentlichen Faktoren in der Motivation jugendlicher Rauschgiftsucht ist.

Aber es gibt auch ganz harmlose Parallelen bei den Generationen von ›Werther‹-Zeit und Gegenwart. Das beginnt mit der Kleidung: Was damals die ›Werther‹-Mode war, wurde in unserer Zeit etwa der ›Schiwago‹-Look: Beide Male handelt es sich um Kreationen aus einem Roman; und beide Male wurden sie von den jungen Menschen aufgenommen, um ihrer eigenen Welt Ausdruck zu geben. – Oder: Eine ähnliche Teilnahme, wie sie einst der ›Werther‹-Roman erfuhr, gilt in unseren Tagen der ›Love-Story‹. Damals sang man Lottens im Roman überhaupt nicht ausgeführte Lieder – heute hört man allenthalben die im Roman ›Love-Story‹ ebenfalls nicht enthaltene, sondern erst durch die Verfilmung des Buches hinzugekommene Leitmelodie!

Diese Vergleiche haben Ihnen, meine Damen und Herren, vielleicht zuviel Gefälle: nicht aber den jungen Leuten, von denen diese Assoziationen stammen. So wurde mir von einem Düsseldorfer Unterprimaner, der zu mir kam, um sich als neues Mitglied der Goethe-Gesellschaft anzumelden, kürzlich erzählt, daß man auf seine und seiner Freunde Anregung hin mit der Klasse ›Werther‹ gelesen habe und daß bei der gleichzeitigen Besprechung des Romans die Schüler mehrfach ›Love-Story‹ als Vergleich herangezogen und allen Ernstes dafür plädiert hätten, dieses Werk gleich anschließend auch noch »durchzunehmen«, wie der schreckliche Fachausdruck heißt. Allerdings kam es dazu nicht, weil den jungen Leuten während der ›Werther‹-Lektüre der Qualitätsunterschied selber deutlich wurde.

Belächeln wir diese Primaner-Vergleiche nicht: Außer dem, daß hier mit Hilfe des ›Werther‹ ein Qualitätsbewußtsein geweckt wurde, hatten die jungen Leute auch ein ganz richtiges Gespür dafür, daß in beiden Fällen, wenngleich mit Qualitätsunterschied, ihre Welt berührt wird, soweit es sich dabei um die der Empfindsamkeit handelt, in die sie aus der ebenso ernüchterten wie ernüchternden realen Welt unserer Tage emigrieren.

Freilich läßt sich die eine Welt mit der anderen so wenig übereinstimmen wie das Ideal mit der Wirklichkeit. Und die Subjektivität als Möglichkeit einer anderen Welt charakterisiert deshalb gleichermaßen Glück und Unglück der jungen Menschen. Es ist ein Moment tragischer Ironie, als Werther unter umgekehrtem Vorzeichen seinen Freund belehrt: »in der Welt ist es sehr selten mit dem Entweder-Oder getan; die Empfindungen und Handlungsweisen schattieren so mannigfaltig, als Abfälle [– im Sinne von Gefälle –] zwischen einer Habichts- und Stumpfnase sind.« Um tragische Ironie handelt es sich bei dieser Reflexion, weil es Werther nicht gelingt, seine eigenen Argumente zu befolgen, ja, er sie im Grunde nur anführt, um das Gegenteil zu erreichen, sofern seine junge Natur ganz auf das »Entweder-Oder« angelegt ist und sich bereits für eines von beiden entschieden hat. Daß ihm nämlich seine eigene Argumentation nicht geheuer ist, verrät die Wortwahl, mit der er eine aus seiner Reflexion als Folgerung gezogene Möglichkeit bezeichnet: Er will sehen, sich zwischen dem »Entweder-Oder« »durchzustehlen«! – Sich »durchstehlen« ist kein ehrenwertes Unterfangen, und so empfindet es auch Werther. Ihn charakterisiert die im Denken und Handeln junger Menschen waltende Ausschließlichkeit. Ihr unkompliziertes, noch von keinem Wenn und Aber der Erfahrung kompliziertes Moralempfinden orientiert sich an ebenso einfachen, klarumrissenen Idealen. Sie verlangen darum absolute, durch keine Bedingungen relativierte Entscheidungen; und alle Relativierung im Hinblick auf Gegebenheiten erscheint ihnen als unmoralisch. Dies erweist sich immer wieder als Kern des Konfliktes der jungen Generation mit den Verhältnissen ihrer Zeit. Werther ist, aufs Ganze seines Romanes gesehen, an der konsequenten Ausspielung solchen Mißverhältnisses zugrunde gegangen.

Die angeführten Einlassungen in das Verhältnis Werthers zu seiner Zeit im Vergleich mit unserer jungen Generation und der Stellung zu ihrer Zeit hatten zweierlei Absicht: Einerseits sollte mit den Beispielen aus dem Verhalten der gegenwärtigen jungen Menschen deutlich werden, daß die ›Leiden des jungen Werthers‹ trotz der historischen Kostümierung nicht außerhalb der Zeit liegen: Was uns zunächst wie der pathologische Zustand einer zurückliegenden Epoche anmutet, offenbart sich bei näherer Betrachtung als durchaus aktuell.

Andererseits erscheinen die Verhaltensweisen der gegenwärtigen jungen Generation nicht mehr so bestürzend einmalig, wenn man sie mit denen der jungen Menschen früherer Zeiten vergleicht. In unserer Zeit

begeht man den Irrtum zu meinen, daß alles, was in ihr geschieht, erstmalig sei. Tritt man indessen aus der Unmittelbarkeit des Miterlebens zurück und vergleicht unter Reduzierung auf jeweilige Motivationen das eigene Geschehen mit dem früherer Epochen, so entdeckt man, daß kaum etwas so neu ist, als daß es nicht in anderer Erscheinung schon einmal da war.
In solcher Funktion können frühere Geschehnisse zur Klärung der gegenwärtigen beitragen.
Goethe, der sich – wie er sagte – im Alter selber historisch zu werden begann, hat bei entsprechenden Gelegenheiten sein eigenes Leben zu solchen rückblickenden Vergleichen herangezogen: Nachdem er im September 1823 der Hoffnung auf die Hand der jungen Ulrike von Levetzow schmerzlich entsagen mußte, hatte er noch einmal eine seiner ›Werther‹-Zeit vergleichbare Krise durchgestanden, die er dann im März 1824 mit dem der Jubiläumsausgabe seines Romans vorangestellten Gedicht »An Werther« in ein klärendes Verhältnis setzte.
Die letzte Strophe dieses dann mit der »Marienbader Elegie« und »Aussöhnung« zur »Trilogie der Leidenschaften« vereinten Gedichts beginnt:

»Du lächelst, Freund! Gefühlvoll, wie sich's ziemt:
Ein gräßlich Scheiden machte Dich berühmt,
Wir feierten Dein kläglich Mißgeschick,
Du ließest uns zu Wohl und Weh zurück;...«

Diese Verse haben denn auch in unserem Jahre der zweihundertsten Wiederkehr der Wetzlarer Begebenheiten ihren Sinn nicht verloren.

Vortrag zur Eröffnung einer Ausstellung des Goethe-Museums Düsseldorf (Anton-und-Katharina-Kippenberg-Stiftung) »Die Leiden des jungen Werthers. Goethes Roman im Spiegel seiner Zeit.«

Zeittafel zum Werther

25. Mai 1772
Eintragung Goethes in die Matrikel der Rechtspraktikanten beim Reichskammergericht in Wetzlar
Umgang mit Gotter, Goué, Kielmannsegg, Kestner und Jerusalem

26. Mai 1772
Erste nachweisbare Rezension Goethes in den ›Frankfurter gelehrten Anzeigen‹

9. Juni 1772
Goethe lernt im Deutschordenshaus Charlotte Buff kennen und besucht mit ihr den Ball in Volpertshausen

18./19. August 1772
Besuch mit Johann Heinrich Merck bei Professor Höpfner in Gießen

11. September 1772
Goethe verläßt Wetzlar ohne Abschied, wandert zu Fuß durch das Lahntal nach Bad Ems und fährt von dort per Schiff nach Ehrenbreitstein, wo er Sophie von La Roche und deren Tochter Maximiliane aufsucht

19. September 1772
Goethe wieder in Frankfurt

22. September 1772
Carl August von Hardenberg und Kestner treffen Goethe in Frankfurt

30. Oktober 1772
Selbstmord Jerusalems in Wetzlar

6. bis 10. November 1772
Reise Goethes nach Wetzlar in Begleitung von Johann Georg Schlosser

4. April 1773
Hochzeit Kestners mit Charlotte Buff, kurz darauf deren Übersiedlung nach Hannover

August 1773
Sophie und Maximiliane von La Roche in Frankfurt

9. Januar 1774
Peter Anton Brentano heiratet Maximiliane

Anfang Februar bis Mai 1774
Niederschrift der ersten Fassung des ›Werther‹

23. Juni 1774
Ankunft Johann Caspar Lavaters in Frankfurt; Goethe liest ihm aus dem ›Werther‹ vor

28. Juni 1774
Goethe mit Lavater und dem Zeichner Schmoll nach Wiesbaden, Bad Schwalbach, Bad Ems; Lavater liest unterwegs im ›Werther‹-Manuskript

30. Juni 1774
Goethe kehrt allein für kurze Zeit nach Frankfurt zurück

15. Juli 1774
Goethe wieder in Bad Ems; er bringt den zweiten Teil der ›Werther‹-Handschrift mit, die Lavater sofort liest

18. Juli bis 12. August 1774
Reise mit Lavater, Schmoll und dem Pädagogen Basedow lahn- und rheinabwärts nach Neuwied, Koblenz, Köln, Düsseldorf

September 1774
Erstausgabe der ›Leiden des jungen Werthers‹ zur Michaelismesse

Oktober 1774
Erste literarische Rezensionen; Anfang 1775 erscheint Nicolais parodistische Fortsetzung ›Freuden des jungen Werthers‹, der sich eine Fülle von Gegenschriften anschließt

Oktober 1774
Kestners in Hannover zeigen sich peinlich berührt und äußern ihre Befürchtungen, man werde sie mit den Romanfiguren identifizieren

14. Mai 1775
Goethe reist mit den Grafen Christian und Friedrich Leopold zu Stolberg und Christian August von Haugwitz in die Schweiz; alle tragen ›Werthertracht‹

1775
Zweite Auflage der ›Leiden des jungen Werthers‹ mit den Mottoversen

7. November 1775
Goethes Ankunft in Weimar

1776
Erste französische Übersetzung des ›Werther‹, der bald weitere Auflagen folgen

1779
Erste englische ›Werther‹-Übersetzung

1780
Goethe liest seinen Roman das erstemal, seit er gedruckt ist, ganz

1781
Erste italienische und erste russische Übersetzung

1782
Goethe nimmt den ›Werther‹ wieder vor und plant eine Überarbeitung, die 1786 abgeschlossen ist

1786 bis 1788
Goethes italienische Reise; er wird überall als der Autor des ›Werther‹ angesprochen und mit Fragen nach dem realen Hintergrund des Romans belästigt

1787
Erstdruck der zweiten Fassung der ›Leiden des jungen Werthers‹

2. Oktober 1808
Goethes Gespräch mit Napoleon, für den er der Dichter des ›Werther‹ ist, über das Werk

1812/13
Niederschrift des 12. und 13. Buches von *Dichtung und Wahrheit*, in denen sich Goethe ausführlich mit der Wetzlarer Zeit und der Entstehung des ›Werther‹ beschäftigt

31. August 1815
Bericht August Kestners über seinen Besuch bei Goethe auf der Gerbermühle der Willemers

22. September 1816
Mehrwöchiger Besuch Charlotte Kestners in Weimar, am 25. erstes Wiedersehen mit Goethe

1824
Jubiläumsausgabe zum 50. Jahrestag der Erstausgabe des ›Werther‹ mit dem von Goethe an Stelle einer Einleitung verfaßten Gedicht *An Werther*

Bildnachweis

Die Stiche auf den Seiten 11, 27, 29, 43, 49, 79, 93, 159, 163, 165 sowie das Umschlagmotiv stammen von Daniel Nikolaus Chodowiecki.

Illustrationen der Seiten 167–180

Fragmente des Werther-Manuskripts
Einzig erhaltenes Blatt der eigenhändigen Niederschrift Goethes. (Foto: Goethe-Schiller-Archiv, Weimar)

Die Leiden des jungen Werthers
Leipzig 1774. Erstausgabe. Exemplar aus dem Besitz und mit eigenhändigem Namenszug der Auguste Gräfin Stolberg auf dem Titelblatt (Foto: Goethe-Museum, Düsseldorf)

Die Leiden des jungen Werthers
Zweyte ächte Auflage. Leipzig 1775. Titelblatt. (Foto: Goethe-Museum, Düsseldorf)

Johann Christian Kestner (1741–1800)
Brustbild im Profil nach rechts, darunter Unterschrift in Faksimile. Lithographie von Julius Giere (Foto: Goethe-Museum, Düsseldorf)

Charlotte Kestner, geb. Buff (1753–1828)
Brustbild, halb nach links, mit Faksimile der Unterschrift.
Lithographie von Julius Giere nach Schröder. (Foto: Goethe-Museum, Düsseldorf)

Ansicht von Wetzlar
Kolorierter Kupferstich von Friedrich Christian Reinermann. Entstanden zwischen 1811 und 1818. (Foto: Goethe-Museum, Düsseldorf)

Das deutsche Haus in Wetzlar
Stahlstich. (Foto: Goethe-Museum, Düsseldorf)

Werther am Schreibpult, die Pistolen in der Hand
Aquarell von unbekannter Hand. (Foto: Goethe-Museum, Düsseldorf)

Lotte verteilt das Brot an ihre Geschwister
Aquarellierte Bleistift- und Sepiatuschzeichnung, bezeichnet: *Donat,* 1792 (Johann Daniel Donat). (Foto: Goethe-Museum, Düsseldorf)

Lolotte et Werther

Lotte am Klavier. Farbstich von Morange nach S. Amand. (Foto: Goethe-Museum, Düsseldorf)

Charlotte at the Tomb of Werter
Kupferstich im Röteldruck von J. R. Smith, London 1783 (Foto: Goethe-Museum, Düsseldorf)

The first Interview of Werter and Charlotte
Kupferstich im Röteldruck von W. H. Bunbury, London 1782 (Foto: Goethe-Museum, Düsseldorf)

Charlotte's Visit to the Vicar
Kupferstich, in Sepia gedruckt, von Ogborne nach Stothard, London 1785. (Foto: Goethe-Museum, Düsseldorf)

Albert, Charlotte and Werter
Kupferstich im Röteldruck von C. Knight, London 1782 (Foto: Goethe-Museum, Düsseldorf)

Inhalt

Johann Wolfgang Goethe, Die Leiden
des jungen Werther
Fünfte Auflage 1997 in der Insel-Bibliothek

Satz: Gesetzt aus der Garamond auf Monophoto
Druck: Nomos Verlagsgesellschaft, Baden-Baden
Papier: 70 g Werkdruckpapier
von der Papierfabrik Schoeller & Hoesch, Gernsbach
Die beiden Einbandarten:
Fadengeheftet und flexibel gebunden in Feincanvas
der Vereinigten Kaliko, Bamberg
und in rotem Ziegenleder
von der Buchbinderei Lachenmaier, Reutlingen
Ausstattung: Max Bartholl und Rolf Staudt
Printed in Germany